博多豚骨拉麵團
Extra Games

木崎ちあき
插畫/一色 箱

Hakata Tonkotsu Ramens
Extra Games

CONTENTS

寒冬的雙盜壘 11

洋將 51

適當的野手選擇 93

正當錢財 143

拳打歹徒 181

博多豚骨拉麵團
HAKATA TONKOTSU RAMEN
Extra Games

博多豚骨拉麵團

HAKATA TONKOTSU RAMENS

Extra Games

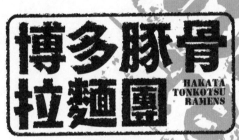

Hakata Tonkotsu Ramens Extra Games
寒冬的
雙盜壘

一月中旬的某一天，福岡市難得積雪，馬場偵探事務所也難得有客人上門。

委託人是個濃妝豔抹、花枝招展的女人，年齡大約三十歲左右，穿著昂貴的毛皮大衣，肩膀上掛的也是名牌包，看起來頗為闊氣，但是並沒有地下社會的氣息。

這間事務所的所長馬場善治立刻請女人入內，並向她勸座。雖然名為所長，但由於事務所裡沒有其他員工，因此連替客人掛外套與端茶等雜務都得由他親自處理。

在會客用的沙發上面對面坐下來以後，馬場立刻開始聆聽委託內容。

女人似乎是為了跟蹤狂問題而來。

「最近有個可疑的男人在我家附近徘徊。」

她一副打從心底困擾的模樣。

跟蹤狂或騷擾等問題，在偵探業中頗為常見。

「您知道那個男人是誰嗎？」

馬場詢問，女人搖了搖頭。

「不，我不清楚……」

「有沒有可能是從前交往過的男性？」

這麼一提，女人想起來了。

「上個月我剛跟交往的男人分手……」

「不是和平分手？」

「嗯，對啊……他好像無法接受。」

「抱歉，探詢您的隱私，可以請您把過去交往過的男性名字寫在這張紙上嗎？」

「好。」女人握住了筆。

「還有，和您有交情的異性朋友名字也要。一般而言，跟蹤狂是熟人的可能性很高。」

「是嗎？我知道了。」說著，女人改變話題。「對了，我可以問一個問題嗎？」

「請。」

「那位小姐……」她的視線轉向馬場身旁。「是什麼人？」

馬場身旁是個盤坐在沙發上吃豚骨泡麵的年輕人，一頭長髮染成亮色，直達腰間；雖然穿著白色針織洋裝和菱格花紋褲襪，打扮得像個女人，其實卻是男人。

他的名字叫林憲明，十九歲，嗜好是扮女裝。因為某些緣故，他從幾個月前開始借住在這間事務所裡。

「哦……您不用管這孩子。」

馬場滿臉歉意地垂下眉毛。

接著，他對林說道：「欸，小林，客人來了，你到旁邊去。」

一被馬場驅趕，林便齜牙咧嘴地尖聲反駁：「啊？憑什麼要我閃邊啊？」

「你妨礙到工作了。」

「我從一開始就坐在這裡吃飯耶。」

「這個女人後來才到的。」

林皺起眉頭，用筷子指著客人。

「這個女人……你怎麼可以這樣說客人？」

馬場皺起眉頭，抓了抓一頭亂髮。這個食客真是傷腦筋，不但說話難聽，態度也很差。

「跟蹤狂……？」

林瞥了委託人一眼，輕蔑地用鼻子哼一聲。

「我看是妳自作多情吧？長成那副德行還好意思說遇上跟蹤狂，笑死人了。」

「喂，小林！」

怎麼這樣說話！馬場慌張失措，立刻對著皺起眉頭的女人低頭道歉。

「對不起，這孩子說話太難聽了。」

然而，林並未噤聲。

「不可能是跟蹤狂啦。我看十之八九是妳搞錯了，其實是小偷想闖空門，事先來踩點之類的。」

「你閉嘴！」

馬場用手掌摀住林的嘴巴，並擠出笑容向女人詢問：

「可以請您把住址告訴我嗎？如果發現那個男人，我會跟蹤他，查出他的身分。」

委託人因為林的不禮貌而不快，但是在馬場表示「為了表達歉意，調查費用會算便宜一點」以後，便稍微釋懷了。

女人似乎是住在福岡市早良區的百道。據她所言，跟蹤狂是在四天前開始出現，常在住家附近徘徊，但是時段並不固定。

馬場目送委託人離開事務所。

「……好啦。」

接著，他出聲呼喚家裡的食客。

「小林，走唄。」

「啊？」同居人一面吃麵一面歪頭納悶。「去哪裡？」

「委託人家。」

必須先在住家附近埋伏，等待男人出現才行。

「不要。憑什麼要我幫你工作？」

林一口拒絕。

面對這番傲慢無禮的態度，馬場嘟起嘴巴。

「啥呀，幫一下忙有啥關係？」

明明是食客，架子卻這麼大。這個男人沒聽過「一日不做，一日不食」嗎？

「我沒那個閒功夫陪你。」

「你看起來很閒呀。」

「我才不閒咧！」林用鼻子哼了一聲。「我有工作，等一下要和委託人見面。」

或許是因為反社會組織眾多，這個城市的地下行業十分興盛，殺手多不勝數，甚至有人戲稱人口的百分之三都是殺手。

林憲明也是其中之一。

他自幼被培育成殺手，靠著殺人換取酬勞維生，雖然年輕但資歷並不算淺。

這次的委託人是地下錢莊業者，希望不透過仲介、當面說明工作內容，因此林親自前往委託人的工作地點。

由於平時不習慣之故，福岡的交通機構向來拿積雪沒轍。西鐵巴士不是停駛就是大幅誤點，林決定搭乘市營地下鐵。

搭乘地下鐵抵達天神站之後，林走向大名方向，看見一棟老舊的住商混合大樓。三樓盡頭的門上印著「（股）玄海金融」的字樣，這裡就是委託人的辦公室。

一打開門，便有一群看起來不怎麼正派的人迎接林。林踏進屋裡，滿屋子的菸味讓他忍不住皺起眉頭。

委託人是個中年男子，大模大樣地坐在屋內深處的桌子前，一看見他，林便想起從前的上司。無論是這種傲慢的態度或身材鬆垮的體型，都和前上司一模一樣。林的前上司隸屬於跨國黑道組織「華九會」，直到數個月前林都在那個男人手下做牛做馬，沒有自由，前途茫茫，只能當組織的走狗，每天都過得鬱悶不已。

和當時相比，現在的日子好多了。

「我要你殺了這兩個人，名字是長瀨芳樹和柴山正雄。」

委託人隨便打了聲招呼便立刻帶入正題，把照片放到桌上說道。

林一看，只見照片上是兩個一副軟弱模樣的男人走出公寓時的情景。

「方法越殘忍越好，比如用刀子把他們捅成蜂窩。」

他提出駭人聽聞的要求。不過，這個要求正適合林，因為林原本就用刀。

「這兩個人是誰？」

「我們的客戶。」

委託人一面吞雲吐霧一面恨恨地回答。據他所言，長瀨和柴山在這裡借錢，已經拖欠了許久。

「殺死他們沒關係嗎？」

林感到疑惑。

「這樣錢就要不回來了吧？」

與其殺死他們，教訓他們一頓不是比較好嗎？林是這麼想的，但似乎只是白操心。

對於林這番話，委託人付諸一笑。

「沒關係。」

「僱用我也得多花一筆錢吧？」

「他們只借了三十萬。比起這些零頭小錢，被其他客戶看扁才是問題。」

原來如此，換句話說，是要拿這兩個人殺雞儆猴，用他們的死讓其他債務人知道不還錢會有什麼下場。

「這個世界真是充滿憎恨啊。」

次郎望著外頭的雪景，感慨良多地說道。他說話的口吻雖然像女人，聲音卻低沉又富有磁性。

次郎摸了摸山羊鬍，繼續說道：

「開始做這一行以後，體會尤其深刻。真讓人厭煩。」

所謂的這一行，指的是次郎的本行——復仇專家。他在中洲經營酒吧之餘，與小學生助手美紗紀一同幫人們報仇雪恨。

復仇專家的信條是「以牙還牙，以眼還眼」，眼睛被弄瞎就弄瞎對方的眼睛，挨了幾拳就回敬對方幾拳。以同樣手法教訓對方、給予同樣痛苦，便是他們的工作。

窗外仍在飄雪。次郎正在天神的咖啡廳裡討論工作事宜。四人座上，美紗紀坐在次郎身邊，擺動雙腳喝著柳橙汁，看起來就像個普通小孩。

坐在對側的是朋友何塞．馬丁內斯。多明尼加人特有的古銅色皮膚與深邃輪廓使他在人多之處依然醒目。

聽了次郎的喃喃自語，馬丁內斯一臉羨慕地說：

「就是因為充滿憎恨，你們才能賺大錢啊。」

確實如他所言，託憎恨之福，復仇專家的生意相當興隆，次郎他們甚至還因為忙不過來而像現在這樣找馬丁內斯幫忙。順道一提，這個外國人的本行是拷問師。說來遺憾，拷問師的生意今天同樣是門可羅雀。

「哎，是沒錯啦……」次郎含糊地說道。

錢永遠不嫌多。不過，他不是為了賺錢才當復仇專家。

追本溯源，次郎也曾是被害人。從前，他的情人被殺，為了替情人報仇，他才踏入地下世界。

他只是想替和當時的自己一樣痛苦的被害人或家屬，紓解無處宣洩的憤怒與悔恨、消除無能為力的辛酸。他是抱著助人的念頭從事這份工作。

「——所以這次的委託是什麼？我要幫什麼忙？」

馬丁內斯改變了話題。

次郎立刻帶入工作話題。他壓低聲音，對眼前的老外幫手說道：

「報復闖空門的小偷。」

「闖空門？」

「這次的委託人家裡遭小偷，貴重物品被偷，要我代為報仇。」

這樣的委託並不常見。

「是什麼貴重物品？」

「就是這個。」說話的是美紗紀。她用智慧型手機顯示照片，拿給馬丁內斯看。

畫面上是一個人形石像。

「這是什麼？動作好奇怪的雕像。」

那個石像左手下垂、右手抓著耳垂，活像向打者打暗號的棒球教練。

「聽說是知名雕刻家的作品，時價六百萬圓。」

「這種破爛居然值六百萬？」馬丁內斯瞪大眼睛。「我還以為是美紗紀在工藝課上做的咧。藝術真難懂啊。」他聳了聳肩。

次郎在桌上攤開地圖，指著某個地點。

「犯人就住在這棟公寓裡。」

「哦？真虧你找得到。」

「委託人基於防盜考量，在石像上裝了ＧＰＳ，所以才能立刻查出犯人的下落。」

「換句話說，我們只要偷偷潛入屋裡，把這個破爛偷回來就行了？」

「沒錯。」

次郎點了點頭。

但是目標不見得會正好不在家，而他們又不能一味地乾等家中的人全數外出。這次的工作是急件，委託人希望能在今天之內拿回石像，他們沒時間慢慢等時機到來。

因此，次郎有個主意。

「我的計畫是這樣。首先，把門撬開，如果裡面有人就把他打昏，你動手。」

「我動手？」

馬丁內斯皺起眉頭。

「趁著對方昏迷的時候把石像偷來放進車裡，溜之大吉。了解了嗎？」

「嗯。」

「今晚行動，反闖空門。」

以牙還牙，以眼還眼。

「……這不太像是闖空門，比較像強盜。」

馬丁內斯喃喃自語，但兩人充耳不聞。

榎田頂著白金色蘑菇頭，昂首闊步於天神街頭。福岡市民不習慣下雪天，好幾個人在眼前打滑摔跤，因此榎田決定改走地下街，稍微繞點遠路前往目的地。

今天下午四點，榎田和客戶約好在三越的獅子廣場見面。這個有兩座獅子像並排的場所，常被市民用來當作會合地點。

到了指定時間，一個抱著小包包、身穿西裝的男人出現在左側的獅子像前。

男人四下張望，似乎在找人，應該是委託人沒錯，不過樣子有點怪異。他的視線不斷飄移，時值寒冬額頭上卻直冒汗，臉色蒼白，表情毫無活力與生氣，彷彿面臨世界末日一般。聽說委託人是黑道分子，但這個男人看起來卻像是從事一般行業——而且是被裁員的上班族，給人一種窩囊的印象。

打過招呼之後，榎田在附近的長椅上與男人並肩坐下來。他還沒詢問委託內容，對方便先開口。

「……怎麼辦？我會被殺掉。」

男人的聲音細若蚊蚋，就連吐出的白色氣息也顯得虛無飄渺。

「被誰殺掉？」

「大哥。」

他說的大哥當然不是指哥哥，而是所屬組織的頭目。

「我闖了大禍……把他的寶貝搞丟，絕對死定了。」

男人十分害怕，抱著腦袋，垂頭喪氣。

「你搞丟了什麼寶貝？」

「……獅子。」

「獅子的什麼？」

「就是獅子。」

「啊？」

榎田不明白對方的意思。在他歪頭納悶之際，男人淚眼汪汪地繼續說道：

「獅子跑掉了。」

「你說的獅子，是指動物？萬獸之王？食肉目貓科豹屬的那種？」

為了慎重起見，榎田加以確認。

「沒錯。」

對方予以肯定。

「大哥養了一頭公獅當寵物，疼牠疼得要命，不管是睡覺還是洗澡的時候都膩在一起；三餐都餵高級和牛，三歲生日的時候，還送牠一副鑲鑽的項圈。大哥把牠當成親兒子疼愛，給牠取了個名字叫做『米格爾』。」

男人滔滔不絕地述說，榎田默默傾聽。

「我是負責照顧米格爾的人，每天都要餵牠吃飯，在固定時間帶牠到庭院裡玩。今天，我照常做自己的工作，誰知道竟然出了問題。我和平時一樣，趁著米格爾在庭院玩的時候去哈根菸，等我抽完菸回庭院一看，米格爾居然不見了。牠趁我沒盯著的時候，不知道跑去哪裡……」

所以——男人繼續說道：

「我要你幫我找米格爾。拜託，幫幫我。」

男人低頭懇求。

「大哥去關島旅行，明天晚上回來，要是被他發現米格爾不見了，我一定會被殺掉，扔進博多灣裡。不快點找到米格爾不行……欸，拜託你。你是這個城市出了名的情報販子吧？區區一隻獅子，應該一下子就能找到吧？」

榎田當情報販子已有很長一段時間，這是他頭一次被要求打探獅子的情報。

話說回來，逃脫的獅子沒人發現才是怪事。

「就算放著不管，不久後也會被人發現吧？與其來問我，不如守著新聞頻道還比較有用。」榎田滿不在乎地說道。

根本用不著去找。這裡不是熱帶草原，獅子在大街上徘徊，只要有人看見一定會通報，牠搞不好現在已經被警察捕獲。

比起尋找獅子的行蹤，該擔心的是逃脫的獅子會不會在路上咬死人，寶貝寵物因此被安樂死。

男人否定榎田的顧慮。

「這點不用擔心，米格爾很乖，不會攻擊人。」

「那就好。」

「拜託你……這些錢都給你。」

男人把裝了錢的包包塞給榎田。

榎田傷腦筋地吐了口白色的氣。

「知道啦，我試試看。我先入侵周邊的監視器，調閱影片看看。」

「我還以為我的計畫很完美。」

長瀨自認犯罪計畫向來周延。他多次前往現場，仔細觀察目標，摸清目標的行動模式，擬出成功率最高的計畫。闖空門的關鍵就在於手腳要俐落，不容許絲毫的多餘動作。

尋找合適的獵物、去對方的住處踩點、擬訂竊盜計畫，是長瀨的工作。

實際上按照計畫闖空門的「執行者」，則是搭檔柴山。

這次的獵物是鑲鑽的項圈，戴在黑道大哥飼養的寵物獅身上。

踩了幾次點，長瀨得知這隻獅子每天到了固定時間都會被放到庭院裡，看守的只有負責照顧牠的男人，而這個男人是個老菸槍，總是會去別處抽菸。男人的視線離開獅子的這幾分鐘就是關鍵。用食物把獅子引過來，拆下項圈帶走——這就是計畫，一點也不複雜。

沒錯，他的計畫很完美。

然而——

「……為什麼你連獅子都一起偷來？」

見了回到家的搭檔，長瀨啞然失聲。

說來意外，執行計畫的柴山不只鑲鑽項圈，連獅子也偷來了。

「沒辦法，項圈拆不下來……」

據柴山所言，實行計畫時出了差錯，獅子的項圈拆不下來，浪費太多時間。動作不快一點，照顧獅子的男人就要回來了。情急之下，柴山便直接帶走獅子，放進車上載來這裡。

——這就是他的說詞。

「那也不用帶回家裡來啊。」長瀨啼笑皆非地大大嘆一口氣。

這個廉價公寓套房是他們的住處，也是保管贓物的倉庫。人形石像、中國風大壺、不知在畫什麼的繪畫與不知在寫什麼的掛軸……如今在這些預定銷售的贓物之中又多出一頭獅子，屋裡越發混亂。

「別擔心，這隻獅子很乖，不會咬人。」

柴山朝著猛獸伸出手。鑲鑽項圈終於解開了，他把項圈連著鎖鏈一起放在桌上。

「不是這個問題。」

不管再怎麼乖巧，畢竟是隻動物，不知什麼時候會凶性大發。就算沒這個問題，長瀨也不想和猛獸在同一個空間裡生活。他不禁抱住腦袋。

「饒了我吧！真是的。」

「抱歉、抱歉，明天我就把牠送回去。」

「在那之前要怎麼處置牠？」

他指著放養狀態的獅子。

「該怎麼辦呢……關在陽台？」

「關在陽台的話，牠會跑掉吧？牠是貓科動物啊。」

這間套房位於一樓，陽台的圍欄大約一公尺高，獅子或許能夠輕易跨越圍欄逃走。

「那先關在浴室裡好了。」

柴山提議。

柴山拿著烹調薑汁燒肉用的生肉晃啊晃的，趴在客廳裡的獅子便緩緩起身，柴山把肉扔進浴室裡，待獅子走進去之後立刻關上門。

為了安全起見，他們決定從外頭堵住浴室的門。兩人合力搬起前幾天從美術品收藏家的豪宅中偷來的石像，放到門前。縱使獅子的力氣再大，應該也推不動這座雕像。

此時，長瀨靈光一閃——不如用假鑽石掉包真鑽石吧。讓獅子戴上鑲了假鑽的項圈再把牠送回飼主家，假裝是獅子自己逃出去，過一陣子以後又跑回來，或許飼主就不會發現鑽石被偷了。

這麼一提，從前認識的人之中，有個專門在賣假寶石的男人，好像是住在他們接下來要下手的那戶人家附近。不如趁著踩點的時候順便去買顆假鑽石吧。

「我出去一下。」

長瀨離開公寓，驅車前往目標的家。那是位於百道的有錢人家，只有一個女人獨居，成天揮霍父母的遺產狂買衣服和包包，家中應該是名牌貨的寶庫。長瀨面露賊笑地心想，一定有很多好貨可偷。

在那之後，馬場立刻開著愛車 Mini Cooper 前往委託人家。那是位於早良區百道的氣派獨棟樓房。

馬場把車子停在對側的路邊監視，至今已經過了快三小時。在可疑男子出現前，他必須一直待在車子裡。要是林肯幫忙，就可以換班休息——他暗自怨恨薄情的同居人。

三十分鐘後有了動靜。

一個戴著帽子的年輕男人突然現身。他把白色輕型車停在附近，在女人家的周圍徘徊，沿著圍牆來回走動，不時窺探屋內。原來如此，確實很可疑，難怪委託人會害怕。

馬場一面留心別被察覺，一面觀察跟蹤狂的舉動。男人並未做出任何騷擾行為，只是不斷望著委託人的家；既沒有扔東西進院子裡，也沒有在信箱裡放置書信或動物屍體。

他的目的究竟是什麼？

馬場抄下車牌號碼，並拍了幾張照片。

窺探片刻之後，男人似乎滿足了，坐進自己的車子裡離去。

馬場立刻開始跟蹤。

男人開到半路，又把車子停在附近的公寓前方。馬場也如法炮製，與對方保持距離，把車停在訪客用的停車格中，等待男人採取下一步行動。

天色漸漸暗了。雪雖然停了，風卻很大，似乎變得更冷。

林先回偵探事務所一趟。馬場好像還沒回來。完成工作的準備後，林穿上大衣前往目標的住處。

暗殺期限是今天之內，委託人已經告知住址，是位於中央區的一棟兩層樓老公寓，他們就住在一樓。門上沒有窺視孔，也沒有裝設對講機。

屋主粗心大意，沒有鎖門。林緩慢且安靜地轉動門把，無聲無息地入侵。

屋裡的格局是一房兩廳，玄關之後是一道短廊，有浴室、廁所和一個小廚房。不知何故，浴室門前放著一個奇怪的石像，是擺飾嗎？實在很擋路。

林在走廊上一步一步地緩緩前進。前頭那扇門的另一側是客廳，三坪半的狹窄房間正中央，有個男人坐在沙發上看書。

林舉起武器並出聲呼喚：

「——喂！」

男人回過頭來，這才察覺林的入侵，大吃一驚。

林確認男人的長相。和照片上一模一樣，確實是目標之一沒錯。

林用刀子割斷嚇得愣在原地的男人喉嚨。男人措手不及，鮮血四濺，嘴巴像金魚一樣開開闔闔，痛苦掙扎，不久之後便斷氣。

這麼一提，林想起委託人要求將目標捅成蜂窩。雖然很麻煩，但他還是按照要求，在男人的屍體上刺出十幾個窟窿。

委託內容是暗殺兩個男人，這下子解決了一個。

——好，另一個在哪裡？

林環顧屋內。就在這時候，門打開來。

「我回來了～」

玄關傳來其他男人的聲音，應該是同夥回來了吧。

「門要上鎖啊。真是的，這麼粗心大意——」

說著，一個年輕的男人走進客廳。是照片上的另一個男人。

「柴、柴山……？」

被鮮血染紅的沙發和地板，同居人慘不忍睹的屍體，手持凶器站在一旁的陌生人。

目睹這幅光景，男人總算察覺屋裡的異變。

「——這是怎麼回事？」

男人把視線移向林，戰戰兢兢地詢問。

「是你幹的……？」

「嗯。」

「你、你是什麼人？」男人臉色發青地大呼小叫。

林老實回答：「殺手。」

「啥？」男人的臉色變得更加鐵青。「為什麼殺手會……」

「你們該早點還錢的。」

聞言，男人猛然醒悟，似乎想到自己被追殺的理由。

「等、等一下！錢我馬上就能還！明天就可以！」

男人大叫，腳軟而跌坐在地板上，掌心對著林，用顫抖的聲音繼續遊說：

「我、我有鑽石……明天我就拿去賣掉換錢，只要再等一下──」

「誰管你那麼多啊。」

林一口否決。

男人還不還錢與林無關，林的工作是完成委託，不會網開一面。

男人似乎還想說什麼，但林在他開口之前便割斷他的喉嚨，並和對付剛才的男人時一樣，對著一動也不動的身體連刺好幾刀。

這下子今天的工作就結束了。在林解除警戒，鬆了口氣之際──

喀噹！一道聲響傳來。

是從浴室傳來的。

「……啊？有人嗎？」

林再度舉起刀子。

浴室前擺著一尊石像，堵住了門。那是一座人形石像，和身高一百六十五公分的林幾乎一樣高。

林試著抬起石像。

「……好重。」

但是憑他的臂力抬不起來。

林用身體撞向石像，想把石像撞開。只見石像猛然倒下，頭部撞上對面廚房的牆角，發出碎裂聲，但林充耳不聞。

移開障礙物後，這下子沒有東西堵住門了。在林朝著門把伸出手，打算開門查看浴室時，他又猛然停下動作，全身緊繃起來。

有道腳步聲逐漸接近。

門外有人的氣息。

某人的腳步聲在這一戶前停下來，接著，敲門聲響徹四周。

——有人來了。

我待太久了——林咂一下舌頭。

林連忙回到客廳，打開陽台的窗戶逃到外頭。雖然敲門聲停止，但不知道什麼時候會有人來。林迅速地越過圍欄，離開公寓。

「……奇怪。」

馬場在門前歪頭納悶。

他跟蹤的男人確實把車停在這棟公寓的停車場裡，走進了這一戶。

可是他敲了好幾次門，都沒人應門。

「是裝作不在家麼？」

馬場握住戴著手套的右手再次敲門，但依然沒有回應。

他原本打算偽裝成傳教者，並用小型攝影機偷偷拍下男人的臉，這下子無計可施了。

不過，馬場不能就這樣空手而歸。正當他考慮向公寓住戶打聽消息時，正好有個女人從隔兩戶的套房走出來。那是個年約五十歲的微胖女人，似乎正要出門。

「呃，不好意思。」

馬場走向那個女人，對她問道：

「請問您住在這裡嗎？」

「我是這棟公寓的房東……」女人回答。

「原來您是房東？那正好。」

馬場興奮地繼續說道：

「我有事要找住在那裡的人。」

他指著剛才那一戶。

「哦！」房東瞥了套房一眼，「柴山先生和長瀨先生？」

馬場沒料到居然住了兩個人。剛才的跟蹤狂是兩人之一嗎？

他雖然感到疑惑，但仍點了點頭。「對對，柴山和長瀨。」

馬場立即演了齣戲。

「老實說，我是他們公司的同事。」

「公司的同事？」房東大吃一驚。「原來他們有工作？他們常常遲交租金，我還以為是因為沒有固定工作呢。」

「哎呀，真抱歉，他們兩個很愛亂花錢，我會好好說說他們的。」

馬場面露苦笑，切入正題。

「他們把今天的說明會要用的重要資料忘在家裡。現在柴山和長瀨都分不開身，不能離開公司，所以就由正在休假的我來幫他們拿……」

馬場摸索大衣口袋，聳了聳肩。

「可是，我好像把他們交給我的鑰匙弄丟了……」

接著，他又瞥了手錶一眼。

「說明會就快要開始，我卻進不去，正在傷腦筋。」馬場垂下眉毛懇求：「真的很不好意思，能不能借用一下這個套房的備用鑰匙？」

沒有人會輕易相信陌生男人說的話，想當然耳，房東一臉狐疑地瞪著馬場。

「那是很重要的說明會，沒有資料，好不容易上門的大訂單就要飛了。」

說著，馬場不著痕跡地塞了幾張萬圓鈔進她豐腴的掌心。

「拜託您幫幫忙。」

房東立刻換了臉色。

「……真拿你沒辦法。這次是特別破例喔。」她把錢收進懷中，點了點頭。

「謝謝您，幫了我大忙。」

馬場笑容滿面地深深低下頭。

房東回到屋裡，把備份鑰匙交給馬場，留下一句「用完以後放進信箱裡」，便再度出門。

馬場目送她離去之後，用備份鑰匙進到屋內。

屋內燈火通明，但是沒開暖氣，冷颼颼的；鴉雀無聲，沒有人的氣息。有個石像倒在走廊上，馬場跨過石像，往前走去。

一踏入客廳，馬場便因為眼前的光景，大吃一驚地目瞪口呆。

客廳裡有兩具男屍鮮血淋漓地倒在地上，其中之一即是馬場跟蹤的男人。

「……哎呀呀，死了。」

是誰幹的？

這下子委託人就不必為了跟蹤狂而煩惱，不過馬場仍有疑惑。

從男人回家到馬場使用備份鑰匙進屋，時間不到二十分鐘。在這段時間裡，他究竟發生什麼事？

在馬場歪頭納悶之際——

喀嚓！門把轉動的聲音傳來。

好像有人來了。

馬場暗叫不妙。屋裡只有自己一個人，屍體就在腳邊，要是被人撞見，他跳到黃河也洗不清。

底端的窗戶突然映入眼簾，窗戶大大敞開。情急之下，馬場跳窗逃到陽台上。

必須在門被打開之前快點逃走。

馬場匆匆忙忙地跨越圍欄離開。

「……搞什麼，門沒鎖嘛。」

轉動門把的馬丁內斯錯愕地說道。

雖然按照原訂計畫，透過ＧＰＳ查出犯人的住處，但門並未上鎖，根本用不著撬鎖。是忘記鎖門嗎？

次郎和美紗紀兩人也跟在馬丁內斯身後，悄悄地踏入屋內。

「喂，你說的石像就是那個吧？」

馬丁內斯指著地板問。

只見眼熟的雕像倒在走廊上，而且是呈現無頭的慘狀。

「喂喂喂，腦袋被砍下來啦。」馬丁內斯面露苦笑。

石像的頭滾到走廊前方去了，似乎是倒地時折斷的。

「別人的東西要小心愛惜啊……」

次郎抱住腦袋。物主失望的模樣浮現於眼前。

三人繼續往屋內走。

「……哎呀，討厭！」

次郎叫道。

客廳裡躺著兩具男屍，一具在地板上，一具在沙發上，大量的血弄髒了周圍。

「人已經死了？」

贓物摔壞，闖空門的犯人也被殺，事態實在太糟糕。

「美紗紀在外面等，小孩不適合看這些。」

次郎對小女孩說道。

「不要緊。」

她泰然自若地跨過屍體往前進。

美紗紀環顧房內檢視四周，用小巧的手指指著外頭說：「陽台的窗戶開著。凶手殺死這兩人以後，好像是從這裡逃走的。」

桌上擱著鑲鑽的項圈，應該值不少錢。這八成也是闖空門雙人組偷來的吧。

「凶手居然沒把鑽石拿走，看來目的應該不是財物。」

「也許凶手和他們有仇。」美紗紀喃喃說道。

「而且是深仇大恨。」馬丁內斯開口，「屍體都被捅成蜂窩了。」

「總之，這顆鑽石也交給委託人吧。只有壞掉的石像，委託人未免太可憐，這就當作是賠償。美紗紀，妳拿著。」

說著，次郎把項圈遞給美紗紀。隨後——傳來一陣敲門聲，似乎有人來了。

「糟糕，有客人上門。」馬丁內斯低聲說道。

「快逃吧！」

「是～」

事情已經辦完，久留無益。

次郎拿著石像的頭、馬丁內斯抱著石像的身體來到窗台，先放石像和美紗紀下樓。

「快點、快點。」

美紗紀催促著。

「呦！」

「嘿咻！」

馬丁內斯和次郎連忙跨越陽台的圍欄。

回頭一看，門正要打開。

——千鈞一髮，好險。

次郎等人鬆一口氣，背對公寓抱著贓物迅速地逃離。

「……打擾了。」

敲了幾次門都沒有回應，不過門並未上鎖，因此榎田便毫不客氣地踏入屋裡。

調閱現場附近的監視器確認後，榎田得知獅子是被某人偷走的。他透過駛離車輛的車牌號碼查出犯人的身分，找上門來。

然而——

「……哇，死啦？」

疑似竊獅賊的兩個男人已經遇害。

榎田看著被刺死的兩具屍體，兀自沉吟。

——到底是誰下的手？

粗略檢視屍體，約有十幾處傷口。把人捅成蜂窩是很冗贅的殺人方式，是外行人下的手？還是殺手偽裝外行人的手法？這兩人被追殺的理由應該多不勝數。

——這不是重點，重點是獅子在哪裡？

犯人已死，無法逼問米格爾的下落。在榎田傷透腦筋地聳肩之際——

突然響起一陣怪聲。

浴室裡傳來抓牆壁的聲音。

該不會……

他慎重地打開浴室的門。

下一瞬間，獅子從裡頭衝出來。

「哇！嚇我一跳。」

榎田忍不住往後跳開。

有著漂亮鬃毛、體長約兩公尺的雄獅，在眼前大大伸了個懶腰。牠鐵定就是委託人在尋找的寵物。

「等等，你要去哪裡啊？米格爾。」

米格爾悠然地走向客廳，榎田連忙跟上。

「啊！」

只見米格爾踩過男人的屍體，從敞開的窗戶走到陽台，輕輕鬆鬆地跳過圍欄離去。

「……跑掉了。」

榎田在空無一人的屋裡喃喃自語。

「哎，算了。」

這樣也挺有意思的。榎田想像著獅子上街的景象，露出賊笑。

隔天早上天氣晴朗，積雪也在一夜之間消融。

『——今早在博多灣發現一具男屍。』

林打開電視，一面觀賞地方新聞一面吃早餐。說是早餐，其實只是鋪上明太子的白飯，十分簡單，沒有味噌湯也沒有烤魚。

林瞥了身旁吃著同樣食物的馬場一眼，不禁大為錯愕。

「……你的明太子未免放太多了吧？」

「咦？」馬場故意裝蒜，歪頭說道：「會麼？」

「明太子都比白飯多了，真是的。」

林啼笑皆非地嘆氣。他知道這男人愛吃明太子，但沒想到竟然愛到這種地步。

『為您播報下一則新聞。中央區有兩名男性被房東發現陳屍於公寓家中，兩名被害人都身中多刀——』

「啊！」

林輕聲叫道。

這件案子他有印象。中央區的公寓，兩個男人，身中多刀。

——是我殺掉的那兩個傢伙。

「呀！」

這回輪到馬場輕聲尖叫。

「怎麼了？」

「……不，沒事。」

『警方在屋內尋獲數件贓物，研判被害人應有涉入犯罪，現在正在調查與本案之間的關聯。』

馬場看著新聞苦笑說：「看來你說得沒錯。」

「啊？什麼意思？」林歪頭納悶。

「不，沒事。」

馬場一語帶過。

主播繼續播報。

『房東表示在案發不久前，家中的備份鑰匙遭竊——』

「……唔？」

馬場對新聞產生了反應。

『而且有可疑男子在附近徘徊，警方研判這名男子可能涉案，現在正在進行調查。該男子的特徵為身高一百八十公分左右，黑髮，身穿灰色大衣──』

凶手的身高是一百六十五公分，褐色長髮，未免差太多了吧──林在心中竊笑。

「呃！」

身旁的馬場叫道。

「怎麼了？」

「呀，不，沒事。」

「你到底怎麼了啊？從剛才開始就怪裡怪氣的。」

主播開始播報下一則新聞。

『昨晚十點左右，有獅子在天神出沒，引發一陣騷動。』

林和馬場停下筷子，凝視著電視。

「啊？」

「獅子？」

生活圈裡發生的怪事，讓他們不約而同地瞪大眼睛。

『警方接獲民眾報案，聲稱目擊疑似獅子的動物，趕往現場之後，在天神三越前發現體長約兩公尺的雄獅——』

畫面切換為現場影像，似乎是觀眾提供的影片，拍下了警察包圍獅子的緊張場面，右端打著字幕：『獅子現身獅子廣場！』

『獅子乖乖就範，並未傷及路人。因為這次騷動，天神一帶暫時禁止通行——』

「哇，天神居然有獅子！」

馬場也大吃一驚。

「是從動物園裡跑出來的麼？」

『獅子並不怕生，警方研判很可能有人飼養，正在尋找飼主——』

「八成是哪個有錢人的寵物吧？」

林想起來了。這麼一提，從前的組織上司也養了一頭老虎。

簡直是製造麻煩。林聳了聳肩。

「到底是誰放獅子出來亂跑啊？」

洋將
Hakata Tonkotsu Ramens
Extra Games

——拷問師必須保持紳士風度。

這是我還在墨西哥的時候，老大對我說的話。

那個男人——拉米羅・桑切斯，在墨西哥維拉克魯茲市是無人不知、無人不曉的大壞蛋，但對於放棄大聯盟夢想、自暴自棄地淪落為街頭混混的我而言，卻是有收留之恩的恩人。

不知何故，他相當肯定我的能力。當時的我不過是個十幾歲的小毛頭，投身販毒集團還不到一年，毒王拉米羅老大竟突然命令我負責拷問。

原來是集團裡的拷問專家在火拼中喪命，正在尋找接任的人。說歸說，對於我而言，這是個意料之外的命令。

在監獄進進出出，當個反社會組織的小嘍囉，渾渾噩噩地過日子，最後被敵對集團或警察射殺，橫死街頭——我一直這樣模模糊糊地描繪自己的人生。

因此，聽了老大的話，我打從心底驚訝。

拷問師掌握了組織的各種祕密，是很重要的職位，想當然耳，只有忠心耿耿又值得信賴的人才能擔任。

居然要將如此重要的職位交給我？

在這個業界，我還只是菜鳥，這擔子太重了。

『……我做得到嗎？』

當我回過神來時，嘴裡已經說出這番窩囊不已的真心話，而且是對著維拉克魯茲的毒王說。

這種時候，就算被責罵「講這什麼沒出息的話」、被賞個幾拳也不足為奇，不過我們老大是個寬宏大量的人。

『你很聰明。和其他人不一樣，你有頭腦，從不靠拳頭壓人。』

老大皺起眼尾笑道：

『所以適合做這份工作。』

——拷問不是暴力。

毒王這麼對我說。

普通虐待狂是當不了拷問師的，這是一門高尚、充滿藝術性又纖細的行業。

——聽好了，別把人殺掉。

他如此叮嚀。

——絕對不能讓對方斷氣。

拷問最大的禁忌，就是輕易殺掉對方。

年輕時，我以為拷問只要把人折磨得死去活來就行。拳打腳踢、千刀萬剮，只要持續凌虐，對方終將屈服。

不過，毒王告訴我並非如此。要像愛女人一樣——雖然我沒有愛過女人——一面溫柔地撫摸身體，一面痛傷對方的心。這就是拷問。

拷問的工作大致分成兩種。

一種是向對方問出情報。

一種是充分教訓對方，給予懲罰。

無論是哪種目的，手段都一樣。以愛為基礎，留對方活命，持續給予恐懼與痛苦。

拷問的本質是給予對方精神上的傷害，而非肉體上的傷害。

換句話說，拷問是一種讓人活命的工作。盡可能地延長生命，注意身體狀況，不能讓對方死掉，也不能讓對方昏厥。因此，拷問師必須是個心地善良又仁慈的紳士才行。

老大的這番話對我有股莫名的說服力。我不喜歡傷人，也不喜歡殺人，若是這種工作，或許我能夠勝任。於是，我就這麼被說動，擔下這份重責大任。

以結果而言，這份工作確實是我的天職。

因為這個緣故，我獲得拉米羅老大的重用，轉眼間平步青雲，成為販毒集團老大的左右手，地位穩若泰山。這又是另一段故事了。

而我現在已經不是販毒集團的人。

拉米羅老大的教誨，在我的名字從亞歷克斯變成馬丁內斯以後，依然非常受用。

我一面懷念往昔，一面用手術刀輕輕劃開坐在眼前的男人身體。

皮膚裂開，傷口滲出血來。

「拜託你！算我求你……求求你住手……」

男人氣若游絲懇求著。他的手腳被綁，動彈不得，模樣十分落魄。

我充耳不聞，繼續工作，慢慢地在只有二十幾歲卻毫無光澤與彈性的肌膚上劃下傷口。男人扭動身體，做出些微抵抗。

「我什麼也不知道，真的不是我。」

欸，相信我，拜託——男人痛得皺起臉龐，不斷重複同樣的話語。

很遺憾，我可沒有濫好人到聽信陌生男人一面之詞的地步。

我在二十歲出頭的時候，因為某種緣故從墨西哥遠渡日本，但過的還是相同的生活。我像浮萍一樣四處漂流，被某個以福岡為根據地的犯罪集團看上，成為他們旗下的拷問師。

到頭來，我做的事情依然沒變，只是地點從維拉克魯茲市換成福岡市而已，都是犯罪。我在這個城市也犯了法，靠著拷問人來賺錢，教訓違抗組織的人，或是從知情者口中問出情報。

這次的工作兩者兼有。

根據委託人所言，這個男人偷走組織的錢，不知道藏去哪裡。雖然委託人動用所有組織成員翻遍了男人的公寓，卻找不到錢。

為了問出錢的下落，委託人找上我。這是很尋常的委託。

「——喂喂喂，你也太沒勁了吧！」

我開著老套的玩笑，繼續動手。

不殺他，讓他多活一刻是一刻。

男人全身的傷口淌著血，但是呼吸依然有力。因為我調節了傷口的深度，控制出血量，不讓他輕易死去。

「好戲還在後頭呢。」

說著，我拿出一個外觀令人怵目驚心的工具。

見狀，男人噫了一聲，臉色發青，恐懼不已。他的眼神彷彿在詢問我要用這個工具做什麼。

恐懼是拷問最大的調味料，最能有效地造成精神傷害，所以外觀相當重要。

就這層意義而言，或許我很適合幹這一行。我長得凶神惡煞，體格健壯，身高將近兩米，雙臂的肌肉也發達到凶暴的程度，直教人懷疑我是否能夠徒手撕裂人類，因此用不著做任何事，光是外貌就足以讓人心生恐懼。

這樣的我一旦開始拷問，絕大多數人都會害怕，即使我的本性再怎麼溫和也一樣。我是同性戀，性取向雖然屬於少數派，性癖卻很普通，不會因為折磨對手而感到興奮或快樂。相反地，我總是想快點幫對方解脫，砍下腦袋、射穿心臟，好讓對方擺脫這種痛苦。

別看我這副模樣，我可是充滿紳士風度的拷問師。

所以，我也不會扯開嗓門大吼「快點老實招來」，而是輕聲細語地說道：

「……欸，不如我放你逃走吧？」

我改變語調，一本正經地說了這句話。聞言，男人猛然抬起頭來，用求助的視線凝視著我。

「你、你說什麼？」

「只要你老實說，我可以幫你。」

「怎麼幫我？」

「裝作我已經殺死你。只要我跟組織的人說『屍體我來處理』，他們就不會追究，而你只要裝死就行了。」

建立信賴關係也是套口風的手段之一。

「其實我也不願意做這種事。」

我一本正經地說道。哎，事實上，這確實是我的真心話。

「我殺了你又沒有半點好處，因為我只要問出錢在哪裡，便能拿到任務成功的酬勞。你應該也覺得性命比錢重要吧？」

聞言，男人的眼中出現光芒

「……你真的會放我逃走嗎？」

我小心翼翼地培育他心中萌生的一線希望。

「嗯，沒錯，我會放你逃走。」

「你說這些話，該不會只是想騙我——」

「我的目的是酬勞，只要問出情報就夠了。我才不想殺你多背一條罪咧。」

我凝視著男人的眼睛問道：

「好了，你打算怎麼做？」

給予對方選擇權，也是建立信賴關係的方法之一。

男人沉默片刻之後，輕聲問道：

「……行得通嗎？」

「不用擔心，這不是我第一次這麼做。」

雖然這句話是為了讓對方安心，但不算是謊話。我從前確實曾縱放拷問對象，不過只有一次。

「沒問題的，一定行得通。」

我又添了把柴。

「不過……」我故意揚起嘴角，露出下流的表情。「我要收點手續費。」

男人一瞬間皺起眉頭，隨即又點了點頭。

「……嗯，我明白。你要多少？」

「別擔心，就跟小費的意思差不多，心意到就夠了。你現在身上有多少錢？」

「皮夾裡有十萬。」

「那就給我一半吧。」

「……好，我知道了。」

區區五萬便能換回一條命，是筆很划算的交易，男人一口就答應。

我露出笑容，用下巴指著男人說：

「好，現在輪到你說話。」

男人乖乖地開口。

「我也是逼不得已的……我欠了錢……」

他垂下頭，用辯解的口吻繼續說道：

「我賭博輸了很多錢，向一家叫做玄海金融的地下錢莊借錢，他們威脅我，說不還錢就沒命……無可奈何，我只好……」

我嘆一口氣。「這種事不重要。所以呢？偷來的錢藏在哪裡？」

「錢藏在出租場地裡，是箱崎一家三號線沿線的店。」

三號線沿線——那家店啊，我立即明白了。之前我看過那家店。

不過，要有鑰匙才能開門。

「鑰匙在哪裡？」

「在我家，藏在浴室的洗髮精瓶子裡。」

「好。」

成功從男人口中問出情報了。

「你等著，我馬上帶你離開這裡。」

我面露賊笑，立刻撥打電話。

「——喂？是我。」

『他招了嗎？』

沙啞的聲音傳來。通話對象是我現在的老大。

「嗯。」我點了點頭說：「錢藏在出租場地，鑰匙在他家浴室的洗髮精瓶子裡。」

『原來藏在那種地方，難怪找不到。』

「為了安全起見，我先留這傢伙活命。」

『我待會兒聯絡你。』老大說道：『錢一找到，那傢伙就沒用處，好好折磨他一頓之後再殺掉他。』

「ＯＫ，屍體我會負責處理。」我掛斷電話，對男人說道：「他要我找到錢以後就殺死你。」

「……真的行得通吧？」男人一臉不安。

「包在我身上。」

接著，我開始替男人包紮，用繃帶緊緊裹住傷口止血。

「把這個吞下去。」

我塞了顆白色藥丸進男人口中，男人皺起眉頭，大概在懷疑是不是毒藥吧。

「放心吧，只是安眠藥。你最好睡一覺補充體力，畢竟你流了不少血。」

我拿起寶特瓶，硬生生地把水灌進男人的喉嚨裡。男人和著水吞下藥丸之後說：

「謝謝，你是個好人。」

「不用客氣。別說這些了，先替以後做打算吧。」

「以後……」男人喃喃說道，似乎想起了什麼，面露苦笑。「我得向那傢伙道歉才行。」

「那傢伙？」我故意用閒聊般的輕鬆口吻詢問：「怎麼，原來你有女人啊？」

「嗯，是啊。」

男人露出了笑容，似乎已完全對我卸下心防。哎，站在這傢伙的立場來看，我是共犯嘛。

「我們約好週末一起去看棒球賽。我已經買好交流賽的門票。」

「……棒球啊？」

「不過，沒想到會變成這樣……看來去不成了。我必須逃走，離那傢伙遠遠的，離開這座城市……」

男人宛若夢囈般自言自語，大概是藥效發揮了。

「……啊，我開始想睡了。」

「晚安。」我用哄小孩睡覺般的溫柔聲音說：「等你醒來以後，你就自由了。」

「是啊……」

男人一臉安心地喃喃說道。我在心中對閉上雙眼的男人點了點頭。這樣就好。

男人就這麼深深地沉入夢鄉之中。

三十分鐘後，老大打了電話過來。

『錢找到了。』

被偷走的錢似乎已順利拿回來。我向男人問出的情報是正確的。

老大低聲命令：『——殺掉他。』

好好折磨他、凌虐他，讓他後悔自己做過的事——老大的聲音流露著怒意。

「ＯＫ。」我小聲回答，掛斷電話。

餵男人吃安眠藥，是出自我的善意，至少讓他在不感痛苦、不懷恐懼的狀態下安心上路。

我當著沉睡男人的面，從懷裡掏出手槍。
槍口指著男人低垂的頭。
「祝你有個好夢。」
我輕聲說道，扣下扳機，引導男人進入永遠的夢鄉。
我沒說謊。
你自由了。

老大對我這次的工作表現似乎很滿意，將討回來的錢撥出百分之五給我，做為任務成功的酬勞。
我每晚都拿著這筆錢泡在小酌酒吧或英式酒吧裡，過著怠惰的日子，直到下一份工作上門。拷問對象不會三天兩頭出現，委託通常一個月頂多一次。我悠悠哉哉地等待老大的電話。
然而，說來稀奇，距離上次委託沒過多久，老大又打電話來了。

『我又有工作要拜託你。』

隔著電話傳來的老大聲音顯得不太高興。他拿回錢，照理說應該心滿意足才是，看來是發生新問題。

一個禮拜內就有兩份工作上門，可說是前所未有。面對異於平時的事態，我的心頭有股莫名的不安。

不過，對於老大的命令，我從不說「ＮＯ」。

「對象是誰？」

『不清楚。』

老大含糊以對。

「……啊？」

『好像是駭客，不知道是什麼來頭。』

「駭客？」

那是與我無緣的存在，我完全無法想像會是什麼樣的人。

『那傢伙到處打聽我們的事。』老大恨恨地說道：『有什麼目的、是誰委託的、知道多少——我要你逼他全部招出來。』

我在老大的命令下前往平時的工作場所——位於春吉的住商混合大樓地下的某個房間。這個空蕩蕩的狹小樓層看起來像是空店面，被組織用來當作倉庫使用，同時是我的工作場所。

那傢伙就在裡頭。

昏暗房間的角落，駭客被綁在椅子上，虛弱無力地垂著頭。

我抓住他的頭髮，強硬地讓他頭往上仰。

「……喂喂，根本還是個小鬼嘛。」

我忍不住喃喃說道。

關在房裡的是個小孩，留著黑色的蘑菇鮑伯頭，膚色白皙，一副陰鬱的瘦弱少年模樣。被抓住的時候，他大概被組織的人狠狠打了一頓，全身上下都是瘀青和傷口，嘴角裂開，嘴唇滲出了血。

從長長瀏海底下露出的三白眼，目不轉睛地盯著我。那是一張眼神凶惡又不可愛的臉孔。

「你幾歲？」

我問道。這不是審問，而是普通的問題。

我只是想確認一下。日裔人的外表看起來往往比實際年齡更加年輕，搞不好他其實已經成年了。

「十六。」

聽了他的回答，我不禁抱住腦袋。

果然是小鬼？這下子可難辦。

話說回來，一個十六歲的小孩為什麼要打聽組織的事？成天只會玩電腦、窩在網路裡的人，怎麼會被抓住？到底是怎麼玩火，才會演變成這種結果？我腦中浮現的盡是疑問。

「傻瓜，明明還是個小鬼，卻要管這些有的沒的，才會嘗到苦頭。」

我聳了聳肩如此說道。

這次難得採取事前付款，裝著酬勞的公事包放在房間角落。我先確認裡頭的鈔票張數，金額支付這次的酬勞綽綽有餘。

接著，我拿起立在牆邊的折疊椅，在少年的對面坐下來。

「你叫什麼名字？」

我詢問。

「我想想。」

他笑道，歪了歪頭。

……什麼叫「我想想」？真是個囂張的傢伙。

「不然我該怎麼稱呼你？假名也可以。」

「拷問對象叫什麼名字重要嗎？」

小鬼笑了，口吻充滿諷刺之意。

「這是我的行事風格。」

「哦？活像談判專家。」

他成熟的反應令我暗自吃驚。

這小鬼是什麼來頭？明明是個小孩，為何如此鎮定？這傢伙應該沒有蠢到不明白接下來將面臨什麼狀況吧。

他不怕我——不怕拷問嗎？

「你是想藉由稱呼名字縮短距離，打開對方的心房吧？很常見的手法。」

我咂一下舌頭。

「……真是個不可愛的小鬼。」

這傢伙說對了一半。

確實如他所言，這是我的企圖之一，但並非唯一的企圖。了解對方、呼喚名字，我就能變得更加溫柔，給予愛的拷問。

「ＯＫ，好吧，你不想說就算了。」

我讓步了。

「我不是不想透露自己的名字。我想說，可是沒辦法說。」

此時，對方突然冒出一句莫名其妙的話語。

「我沒有名字。我的名字已經不存在。」

他看起來像在說實話，也像在胡說八道轉移焦點。我只答一句：「這樣啊。」

他面露賊笑說：「所以，你替我取吧。」

「啊？」

「替我取個綽號，隨便想一個就行。」

這小子沒頭沒腦地說什麼？

我瞪大眼睛。真是個古怪的小鬼……哎，不然也不會被抓來這種地方吧。

雖然不甘願乖乖照做，但我還是決定陪這個小鬼玩一玩。

「綽號啊……」

這個嘛，該取什麼綽號才好？

我盤起手臂歪頭思索。

隔了數秒以後——

「……香菇。」

我望著他的黑髮，喃喃說道：

「因為你的髮型和香菇一樣。」

我補充說明，這小子竟然嗤笑一句「沒創意」。

「你的命名格調太平庸了。」

「囉唆。」我沉下臉來。「只是個綽號，叫什麼有差別嗎？」

「那我就叫你禿頭囉？」

「喂，給我慢著。」

我忍不住高聲說道。

這句話可不能聽過就算了，我指著自己的光頭反駁：

「這不是禿頭，頭髮是我自己剃掉的。」

「好、好。」他嘻皮笑臉地說道：「只是個綽號，叫什麼有差別嗎？」

「別再那樣叫我。」

「所以呢？你要怎麼開始？」他無視我的話語，改變話題。「抽指甲？還是割耳朵？」

——這小子到底是什麼來頭？

打從剛才開始，我就驚訝連連。真是個破天荒的小鬼，我完全無法預測他會怎麼回話、有什麼企圖。他的表情看起來從容不迫，甚至像是在享受這種狀況。

這小子不害怕拷問嗎？

「我不會這麼做。我很溫柔的。」

「你真是個怪人，很有意思。」

你沒資格說我——這句話被我吞了下去。

「你應該也被打膩了吧？」

一看這小鬼遍體鱗傷的模樣，就知道他被組織的人痛毆過。像我心地這麼善良的人，實在提不起勁拷問一個只是玩火玩過了頭的小鬼。

所以，我決定借助藥物的力量。

我在他的手臂打一針，將自白劑注入血管，以為這樣就能輕易讓他鬆口。

「我不想動粗，不過也不會放水。這種藥的藥效很強，做好心理準備吧。」

等待一會兒以後，他從容不迫的表情出現變化，眼神變得迷茫空洞，似乎是藥效發揮了。

我立刻開始審問。

「你沒上學嗎？」

「要是有，就不會被綁在這種地方了。」

那倒是。

「你的父母呢？」

居然放任小孩在外頭胡來，我真想看看他的父母長什麼模樣。

聞言，他沉默了一會兒，隨後又嘟起嘴巴說道：

「誰曉得？那種人跟我無關。」

看來他的家庭環境有點問題。這小子誤入歧途的原因八成和家庭有關。

「你和家人感情不好嗎？」

「感情不好？哈！」

對於我的問題，他發出不屑的笑聲。

「才不是這麼可愛的關係咧……那傢伙想殺了我，所以我才逃到這個城市。」

——想殺了他？

聽到這個突然冒出來的可怕字眼，我不禁皺起眉頭。

「什麼意思？」

「我爸爸是個立場很麻煩的人，是當大官的。」

他失聲笑道。

「所以，他一直想把我栽培成接班人。」

「哦？這樣啊。原來你是有錢人家的少爺？」

「是啊。」他點頭。「他僱用好幾位家庭教師，逼我讀書、學一堆才藝。週六日有語文、禮儀和鋼琴課，我根本沒時間和同學玩。」

他的口風變鬆了許多，應該是藥效的作用。

「……我真正想做的不是彈鋼琴也不是讀書，而是打棒球。」

——棒球。

聽到他口中冒出的字眼，我在無意識間皺起眉頭。

眼前的小鬼神情恍惚地繼續說道：

「我一直很羨慕放學以後拿著棒球和球棒去公園玩的同學們。其實我也想打棒球，可是爸爸不讓我打。我從來沒有和爸爸玩過傳接球，也沒有去看過比賽。」

「……打棒球也沒什麼好的。」我自嘲道。

瞬間——

「哦？」

他無神的雙眼突然閃過詭異的光芒。

「是嗎？」

面對那道試探的視線，我不禁咂一下舌頭，後悔自己說了不該說的話，同時，終於察覺到對方的意圖。

「……你是故意說這些話的吧？」

聽他突然娓娓道出充滿神祕色彩的身世，我確信藥效已經發揮作用。

不過，這其實是他的計策。

他故意說個不停，讓我安心，以為自白劑生效了，自己占得上風。

他的意圖不僅如此。事實上，自白劑確實發揮效果，但這傢伙為了避免自己說出不願讓我知道的事，故意說些讓人得知也無妨的事，以防止情報外洩。他放棄抵抗藥效，而是反過來利用藥效。若非擁有非比尋常的精神力，是無法這樣蠻幹的。

……這個小鬼不簡單。

我不能讓他繼續拖延時間。再這麼慢慢聊下去，自白劑的藥效就退了。我立刻帶入正題。

「是誰僱用你的？」

「先別說這個了，聽我說嘛。」

面對又想扯開話題的小鬼，我低聲說道：

「想都別想，我不會再讓你繼續拖延時間。快回答我的問題。」

「所以我才叫你聽我說嘛。你們不是想知道我掌握了什麼情報嗎？」

「……什麼？」

我吃了一驚。

老大的確是這麼交代的。

「那我就告訴你。」

他願意主動說出來？這小子到底在打什麼主意？

我皺起眉頭。

「先來聊聊某個犯罪組織吧。」

他又自顧自地說起話來。

「他們是以福岡為據點的外國人竊盜集團，主要是以辦公室、店家及一般住家為目標，闖空門搜刮財物。成員共有六人，幾乎全是亞洲人。他們偷的不只有現金，還有美術品、古董、金塊，什麼都偷。成員有兩個中國人，其餘的是韓國人、越南人及黑人各一，其中一個前幾天被殺掉了，大概是為了錢起爭執吧。組織的老大是日本人，名叫末次。」

——喂喂喂，不會吧！

我倒抽一口氣。

這小子所說的，正是我受僱的組織情報。

「漸漸地，他們的手法變得越來越凶狠，甚至不惜殺人。非但如此，他們還盯上同屬地下社會的人，因為這類人有錢。」

雖然受到自白劑的控制，他的口齒卻十分清晰，不知不覺間，我竟然聽得入迷。

「地下社會的人向來小心謹慎，寶貴的財產都藏在安全的地方，而且即使受到再多威脅也絕不透露；若要問出金庫密碼、信用卡密碼和倉庫鑰匙所在處，得花好一番功夫。」

他的下一句話讓我瞪大眼睛。

「所以，末次決定僱用專家來處理。他僱用一位技巧高超的拷問師，名叫何塞・馬丁內斯——不，是亞歷杭德羅・羅德里奎。」

——是我。

「……你怎麼知道我的名字——」

我不敢相信。在這個國家，應該沒人知道那個名字才是。

「我調查過你來這個國家之前的事，搜尋以後發現多明尼加的棒球學院資料庫裡留有你的紀錄。原來你以前想進軍大聯盟啊？欸，下次教我打棒球好不好？」

一股莫名的焦慮湧上心頭，我咂了下舌頭。「囉唆，閉嘴！」

「我不會閉嘴的，接下來才是正題。」

他得意洋洋地繼續說道：

「末次是個膽小怕事的人，所以格外謹慎。他最忌諱的是情報外洩，危及自己的立場，不相信自己以外的任何人。順道一提，他僱用的上一個拷問師在半年前失蹤了，是被殺掉的——理由你應該猜得到吧？因為那個人知道太多末次和組織的祕密，手上握有太多情報。」

接著，他瞇起三白眼——

「換句話說，不久後的將來，你也可能落得同樣下場。」

「……哈！真有你的。」我故意露出笑容，「年紀輕輕就這麼厲害，在這種狀況下，說話還能這麼溜。」

我不願承認形勢在不知不覺間逆轉了。不過是對付一個小鬼，要拖到什麼時候？快點把工作解決掉——我這麼告訴自己，振作精神。

「你這個臨時瞎掰出來的故事倒還挺逼真的嘛。」

「我的情報不會有錯。我勸你最好跟末次他們一樣，快點逃吧。」

跟末次他們一樣？

「……什麼意思？」

他又說一句莫名其妙的話：「不然，他們就要來了。」

「他們？」

「警察啊，警察。」

麻煩的傢伙在故事中登場了。我瞪大眼睛。「你在胡說什麼？」

「我是說真的。」

「別虛張聲勢。」

「你不相信自己用的自白劑？」

他面露賊笑，我不禁閉上嘴巴。

「警察已經盯上那個竊盜集團。你知道之前在六本松發生的案子嗎？有個男人闖進酒吧刺傷店員、搶錢逃走的那件案子。沒錯，那是末次派部下做的。那件案子的被害人保住一條命，指證犯人是外國人，末次他們知道這件事之後，便準備了一隻代罪羔羊。」

「……你在說什麼？」

「你還沒發現？警察馬上就會來了，他們一定會睜大眼睛尋找那個外國籍犯人，而你橫看豎看都是個外國人。」他面露賊笑，「非但如此，這個倉庫裡放了末次他們偷來的贓物，那個公事包裡塞滿從六本松的酒吧搶來的錢。」

……哦，原來是這麼回事？

「混蛋！」我粗聲咒罵：「那個混帳！」

換句話說，我上當了。

末次的臉孔浮現於腦海中。那傢伙打算讓我背黑鍋，趁著我被警察追捕的時候潛逃出境？

我才不要被抓。我是心地善良的拷問師，豈能被當成竊盜集團的小嘍囉逮捕？

——必須儘快離開這裡。

我把拷問工具胡亂扔進包包裡，收拾隨身物品。

「啊，欸，等一下。」

背後傳來懶洋洋的聲音。

「可不可以幫我解開繩子？我想去醫院。」

那個小鬼依然被綁著。

這小子對我而言已經沒有用處，讓他繼續留在這裡也不妥，畢竟他看到我的臉。雖然麻煩，我還是用蝴蝶刀割斷繩子，放他自由。

小鬼一臉疲憊地從椅子上站起來。

「你以後別當駭客了。」

我如此忠告他。

「為什麼？」

「這樣再多條命都不夠用。」

「是啊。」

「經過這次的事，你多少學到教訓了吧。」

我背向他，舉起一隻手來。

「拜拜。」

以後應該不會再見到他了。

我抱著隨身物品，匆匆忙忙地離開。

今早的地方新聞報導了那個竊盜集團的成員全數被捕的消息。警察料到他們會潛逃出境，因此埋伏在機場及港口。組織根據地裡的贓物及鉅款等鐵證也全被扣押了。

活該，誰叫你們拿別人當誘餌。總算洩了我一口怨氣。

那一天，我一如平時，在福岡街頭徘徊。末次等人被捕固然痛快，但我失去工作夥伴，再次成為無業遊民。我不禁暗想，就算來到日本，我還是在重蹈覆轍。

手邊只剩下我從拷問過後殺掉的那個男人身上搶來的皮夾，裡頭有十來張萬圓鈔和他說要和女友一起去看的棒球賽雙人套票。

比賽是今晚的聯盟交流賽，可是我並沒有去看的念頭。我已經離開棒球很久了。小時候以大聯盟為目標，每天都在打棒球，現在非但不打，連電視轉播都不看。

我的心思大概永遠不會回到棒球上了吧——當時我是這麼想的。

在墨西哥無法容身的我，之所以選擇這個地方做為逃亡地點，是因為我略通日語。

在大聯盟球團學院時代，我見識了許多怪物。無論體能、球感都不是我能夠比擬的同齡少年。

他們是金雞蛋，打從一開始就擁有光靠努力絕不能及的才能。

進入大聯盟賺大錢，拯救貧困的家庭，在多明尼加共和國的棒球少年之間是常見的生存方式。實力足以進入學院的我，也為了實現這個常見的夢想而專心致力於棒球。

然而，見識了學院裡的那些怪物以後，我的美國夢頓時粉碎。

學院裡多的是球投得比我更好、打得比我更遠、腳程也比我更快的少年。我不可能和這些人抗衡。像我這樣的人，一輩子都不會有大聯盟球團找上我；別說大聯盟，連進3A都有困難——我痛切地體認到這個事實。

於是我放棄美國，改以進軍日本職棒為目標。其他學生學習英文的時候，我則是拚命練習寫平假名和片假名。

然而，下修目標也使得我靠棒球吃飯的野心日益淡化。

而在我學會棒球以外的非法賺錢手段之後，就被學院開除了。不知不覺間，我變成墨西哥販毒集團的一分子，浸淫於地下社會的生活。

後來，我在組織裡無法容身，逃到了日本。

『經過這次的事，你多少學到教訓了吧。』

我想起前幾天對那個蘑菇頭小鬼所說的話。

那小子應該學到教訓了，而我也是。

這就和職棒的情況差不多，絕大多數洋將都是被組織用完即丟的命運。在遙遠的異國獨自生活，不能相信任何人，不能敞開心房，持續置身於地下世界，這樣的日子讓我有些疲憊。或許是急流勇退的時候了──我的腦海裡閃過這種念頭。

說來諷刺，當年拚命學習的日語現在派上用場。我乾脆改行當口譯？或是西班牙文老師？重新學習人體構造，當個整骨師也不錯。

我想像著自己從事正當行業那副格格不入的模樣，不禁笑出來。

我走在街頭，反覆思考得不出答案的問題。失業的我多的是時間。沒有錢、沒有工作，無所事事，滿腦子只想著今天該怎麼消磨時間。從前只要打棒球，時間一轉眼就過去了。

不知幾時間，我來到警固公園。

我在公園一角坐下來，茫然望著來來往往的行人，在其中發現一張熟悉的面孔。

──是當時那個駭客小鬼。

「啊，是你！」

我忍不住大叫，周圍的人都回過頭來一探究竟。

那個小鬼也停下腳步望過來。

「……唔？」他似乎還記得我，指著我喃喃說道：「啊，禿頭。」

「別這樣叫我。」

我走過去，瞪了他一眼。

話說回來，沒想到會在這種地方重逢，實在太讓我驚訝了。

不過，我驚訝的不只這一點。

「你……怎麼變成這副德行？」

看見少年的模樣，我大為傻眼。

那個小鬼變得判若兩人。髮型雖然一樣，卻染成接近白色的金髮；服裝也變成鮮黃色連帽上衣加鮮紅色長褲，比上次見面時鮮豔許多。

「怎麼樣？好看嗎？」他樂不可支地笑道：「很帥吧。」

花俏的服裝和花俏的髮型。

他著實令我驚訝連連。我本來以為他現在過著低調的生活，沒想到他竟然換上這種更加引人注目的裝扮，在福岡中心昂首闊步。

這小子根本沒學到教訓嘛！真是個破天荒的傢伙——我感到啼笑皆非。

「你啊……」我嘆一口氣。「還是小心一點吧，不知道又會被誰盯上。」

我聳了聳肩說，居然還把頭弄得跟金針菇一樣。

「這個好。」他揚起嘴角，「以後我就這樣自稱好了。」

「啊？」

「從今天起，你就叫我『金針菇(註1)』吧。」

「啊？」

什麼跟什麼？

金針菇——我念一次，皺起眉頭。「……太長了，而且不順口。」

「那叫我『榎田』吧。」

叫什麼不重要。我無視他的話語，改變話題。

「欸，結果到底是誰僱用你的？」

我仍然不知道這個關鍵問題的答案。

「你還在掛念這件事啊？」

◉註1：金針菇在日文漢字寫作「榎茸（enokidake）」，「榎田」則念作「enokida」。

「那當然……該不會是警察吧？」

單純地推論，得到的即是這個答案。這個小鬼打探竊盜集團的情報在先，後來警察就抓住了竊盜集團。

是警察委託他的？他把竊盜集團的情報外流給警察？若是如此，便能解釋這小子為何能夠掌握警察的動向。

雖然我不認為這樣的小鬼會和警察搭上線，不過他是駭客，很難說。

「你說呢？」他含糊地笑了。

不，或許……

我轉了個念頭。

或許根本沒有委託人？

我有這種感覺。一切都是這小子的自我滿足，或許他只是在玩憑一己之力摧毀犯罪組織的遊戲而已。

當然，這只是我的妄想——莫非這個小鬼在背後操縱一切？

首先，他基於單純的好奇心打探竊盜集團的情報，並故意被擒。接著，他告知「警察已經逼近」，引發末次等人的焦慮，並唆使他們自行逃走，讓我背黑鍋。其實當時他已經把情報洩漏給警察，竊盜集團被捕只是時間的問題。

而他雖然落到我這個拷問師的手上，卻靠著虛張聲勢度過難關。我輕易地相信「警察即將上門」的謊言，事實上當時警察正在追捕末次等人。之所以會輕易相信，大概是因為我心中一直存有被那幫人出賣的危機感吧。

一切都照著這小子所寫的劇本進行。

我不明白他為何要如此大費周章。或許他正值追求刺激的年齡，又或許是他生性魯莽，想試試自己有多少本事。就算問出理由，我大概也無法理解，這小鬼的腦子不太正常。

比起這些事，我被這個不正常的小鬼所救才是問題。

剛才，新聞報導竊盜集團的成員全數遭到警方逮捕。換句話說，我並沒有被當成他們的同夥。

「你沒有出賣我？」

這小子知道一切。他知道我和竊盜集團有關係，也知道我在集團裡當拷問師，卻沒有對警察洩漏這些情報。

「為什麼？」

我詢問理由。

「這個嘛，我也不曉得。」

他面露賊笑回答：

「也許是想賣你一個人情。」

「人情？為什麼？」

「我不是說過，希望你教我打棒球嗎？」

——棒球。

這麼一提，我想起這小子在審問過程中所說的話。

——原來你以前想進軍大聯盟啊？欸，下次教我打棒球好不好？

我本來以為那只是在耍嘴皮子，原來是認真的嗎？

「我一直想打棒球，可是沒有經驗的初學者要加入球隊很困難，對吧？所以我才想找人教我。現在有幫手，太好了。」

這小子說過，他其實想打棒球，很羨慕放學以後拿著棒球和球棒去公園玩的同學們，還說他從來沒有和爸爸玩過傳接球，也沒有去看過比賽。

帶著吃定人的笑容所說的那番話，原來是在自白劑的作用之下吐露的真心話嗎？

這小子真的喜歡棒球？

「……喂喂，真的假的？」我瞪大眼睛，「你是真的希望我教你嗎？」

「你要拒絕也行，不過會有什麼後果，我可就不知道了。」

「喂，別威脅我。」

真是的，我不禁苦笑。這個小鬼實在難纏。

不過正如他所言，我欠他一個人情，無權拒絕……哎，有人需要自己的力量，感覺倒也不壞。

某個念頭突然閃過腦海。或許這也在這個駭客的計畫之中。這次騷動全都是這傢伙安排的鬧劇，目的是為了得到我這個棒球指導者。

我如此想像，不禁笑了出來。倘若這是事實，這個小鬼可說是個超級天才，同時是個超級白痴。

「這種時候要說『拜託您，教練』才對。」

「我不擅長對人低頭。」

「這樣要怎麼打棒球？別小看團隊合作。」

話說回來，沒想到我會以這種形式重回棒球的懷抱。莫非老天爺看穿我心底深處的期盼？未免太可笑了。

「——欸，榎田。」

「什麼事？」

他歪頭納悶。

「你現在有空嗎？」

我問道。

「哎，有空是有空，問這個做什麼？」

「我們去看比賽吧。」

先讓這小子觀摩實際的職業比賽，讓他知道棒球並不簡單。

「我有兩張門票，今天晚上開打，是對龍隊的比賽。」

榎田一口答應「好啊」，露出了笑容。

這一瞬間的笑容，是這小子唯一一次露出符合年齡的無邪表情。

適當的野手選擇
Hakata Tonkotsu Ramens
Extra Games

曾有人說，人生是一連串的選擇。

這好像是哪位偉人留下的名言，我也有同感。

每做出一個選擇，人生就會往前邁進一步。住在哪裡、從事什麼工作、三餐吃什麼、去什麼地方，全是取決於自己的選擇。午餐要吃拉麵還是烏龍麵，「福屋」明太子要買不辣還是小辣的，都是一種選擇。

我開始打棒球，也是選擇的結果。雖然那是在旁人施壓下做出的選擇，而且我至今依然不明白這麼做正不正確。我加入業餘棒球隊「博多豚骨拉麵團」，是在距今一年前——去年的秋天。第八棒游擊手林憲明，這個棒次自從加入球隊以來，一直沒有改變過。

我突然想到，棒球這種運動或許也是一連串的選擇。要投直球還是滑球、要揮棒還是觀望，總是充滿選擇。說歸說，並不代表棒球等於人生就是了。

哎，先別說這些，現在，我正在參加這支業餘棒球隊的練習比賽。

地點是福岡市內的球場，對手是以太宰府市為據點的球隊，隊名是「太宰府山德士」。現在站在投手丘上的是我的隊友，投手齊藤。豚骨拉麵團正在進行守備，身為游擊手的我站在二壘和三壘壘包的正中間。

九局下，一出局，比數是三比三同分，一、三壘有跑者。對捕手的暗號搖頭，選擇投出滑球的齊藤被狠狠打擊出去，豚骨拉麵團面臨九死一生的危機。一旦讓三壘上的跑者跑回本壘，就是再見敗戰了。

下一名打者站上右邊的打擊區。那是個體格壯碩的男人，一看就知道是強棒。

「——喂，齊藤！」

我大聲對著畏畏縮縮的背號十八號呼喊：

「沒什麼好怕的！用力投出去！」

齊藤微微點頭回應我，凝視著捕手的手套。

第一球。齊藤投的是滑球，擦棒聲響起，球在內野滾動，是我所在的方向。「游擊手、游擊手！」隊友的聲音傳來。

球勁雖然不強，滾動路線卻對我方相當不利，是在三壘和游擊區之間，趨前守備的我勉強可及的位置。我撲向地面，奮力用手套接住球。

必須快點起身封殺跑者。

此時，我猶豫了一瞬間。

該傳本壘？還是二壘？

這一瞬間，真的只有一瞬間，我心生遲疑。

現在立刻投向二壘，或許可以雙殺——我一起身，立刻把球傳向二壘。

然而，球傳進防守壘包的二壘手手套裡時，跑者已經先一步上壘。

「Safe！」裁判的雙手大大地往兩邊攤開。

我的傳球慢一步。

二壘和一壘都安全上壘。想當然耳，三壘跑者已經趁機跑回到本壘。由於無人出局，對手多添一分。

這下子比數變成三比四。

換句話說，豚骨拉麵團吞下再見敗戰。

沒有人責備我。

投手丘上垂頭喪氣的齊藤一臉抱歉地說：「是我的錯，造成危機。」原以為平時對失誤十分囉唆的隊長鐵定會罵上幾句，我也已經做好挨罵的心理準備，誰知他竟然大反常態，完全不追究，只說「下次多加油就行了」。教練剛田源造則是安慰我：「沒辦法，你能接住球已經很厲害，你盡力了。」

——沒辦法？

真的嗎？

我無法接受。我不認為那是我的全力。

當時，若是我別貪圖雙殺，依循基本準則先傳本壘，或許比賽結果就會不同。或許傳出的球來得及封殺跑者，進入延長賽以後，我們上半局或許能夠得分，豚骨拉麵團或許能夠獲勝。

一切都是當時的判斷失誤所造成。我在一瞬間的遲疑與錯誤的選擇，導致球隊的敗北。

悶悶不樂的感覺一直縈繞心頭，也許責備我的正是我自己。雖然是練習比賽，但失誤就是失誤。我很氣惱自己，也很後悔，但不能改變什麼。

繼續胡思亂想無濟於事。源造說過，打棒球重要的是「調適心情」，所以我也這麼做，忘掉那場比賽，照常生活。豚骨拉麵團忍辱吞下再見敗戰的隔天，我立刻投入本行的工作中。殺幾個壞蛋，心情也許會好轉一些。

為了談生意，我在約定時間前往中洲，地點是位於鬧區大樓之間的某家酒吧，店門上印著「Babylon」字樣。

這家酒吧「Babylon」的老闆是一個叫做次郎的男人，本來是美容師。他是豚骨拉麵團的右外野手，也是我的隊友。

「哎呀，林，歡迎光臨。」修長的男人迎接開門入內的我。「對不起，還要你專程跑一趟。」

「沒關係。」

次郎雖然是男人，說話的語氣卻像女人，理由我不清楚。哎，我自己也是打扮成女人的樣子啦。

次郎正在吧檯裡擦拭酒杯。現在似乎還在準備開店，不見客人的身影，只有一個與這種場所格格不入的小學生坐在深處的包廂座位上寫功課。她是次郎的女兒美紗紀。話說回來，她的身世複雜，其實和次郎沒有血緣關係。

我往酒吧老闆對面的吧檯座位坐下來。

「我想拜託你一件事。」

對方切入正題。

「我正好閒著沒事幹。」我點了點頭問：「什麼事？要我殺誰？」

酒吧經營者是這個男人表面上的身分，他在背地裡的名號是復仇專家。

我原以為要委託我這個殺手的工作鐵定是這類內容，但似乎不然。

「不是啦。」次郎苦笑道：「我要委託的不是殺手，而是偵探。」

偵探是我表面上的身分。沒有殺人委託的時候，我便幫忙做偵探事務所的工作。

「也可以，要我做什麼？」

「找人。」

找人啊？那確實是偵探的工作。我本來還想難得有這種普通的委託，不過事實上好像並不普通。

「我要你幫我找出殺人犯，把他抓起來。」

「殺人犯？」我皺起眉頭。「那是警察的工作吧？」

沒有我出面的餘地。

「對方有不能報警的理由。」

什麼意思?我歪頭納悶，次郎對我說明事情的來龍去脈。

「有個在中洲經營違法賭場的人委託我……」

根據次郎所言，委託人是個名叫福本的男人。他是福岡市內的黑道組織「伊井塚組」的少頭目特助，為了開拓財源經營地下賭場，是個隨處可見的普通流氓。

事情是發生在今天凌晨。外聘的店經理在賭場打烊後，獨自留在店裡結算營業額卻慘遭殺害。被害人的胸口遭冰錐連刺數下，凶器正是店裡的物品。

「店裡的營收也被偷走了。」

「這麼說來，是強盜幹的?」

為錢犯案的可能性似乎很高。

或許凶手是預謀犯案，刻意趁著打烊後毫無防備的時段下手。

「店裡是不是有內賊?店員向強盜洩漏情報，以換取回饋之類的。」

只要清查店裡的所有人員，揪出內賊，要找到凶手或許就容易了。

然而——

「關於這一點，」次郎皺起眉頭。「豈止洩漏情報，店員自己好像就是強盜。」

「搞什麼啊？」聽了次郎的話語，我大感沒趣。「已經知道凶手是誰嗎？」

「對，有目擊證人。」

根據委託人所言，昨天賭場是在深夜兩點打烊的。之後，員工全數回家，只剩經理留下來加班。

當天，賭場正門與後門兩處的監視器正好在維修，沒有拍到犯案時間的影像，不過，賭場附近的酒店攬客員說他在三點多的時候，看到有個員工慌慌張張地衝出賭場正門，跑步離去。

「所以殺死經理的就是那傢伙？」

「伊井塚組是這麼認為的。逃走的員工是這個男人。」次郎把一張照片放在吧檯上。「名字叫小島郁斗。」

我端詳那張照片。一個年約二十五、六歲的男人站在賭場前，左手插在牛仔褲口袋裡，右手在滑手機，看起來像是上班前的身影被人偷拍下來，不過這應該是為了搜索而擷取的監視器畫面。

「根據賭場店長的說法，小島的手腳原本就不乾淨。過去發生過好幾次結算金額對不上的情況，每次都是在小島上班的日子。案發當天也一樣。」

「他被店經理發現盜用公款，情急之下，就用現場的冰錐刺死對方？」

「而且順便把店裡的錢也偷走了。」

真是個人渣。我皺起眉頭。

「事關伊井塚組的顏面問題，所以他們打算教訓小島一頓，把錢拿回來。但是從這天晚上以來，小島就失蹤了。現在不知道他的下落，正傷腦筋呢。」

次郎嘆一口氣說道。

小島八成是察覺到生命危險，逃之夭夭了吧。對手是黑道組織，要是被抓到，鐵定沒命。

「案子是在地下賭場發生的，當然不能報警，對吧？」

那倒是。我點了點頭。「那樣殺人犯還沒抓到，自己就先被逮捕了。」

「為了替被殺的經理報仇，委託人要我找出凶手……」次郎小聲對我附耳說道：

「可是，我不想把美紗紀扯進和黑道有關的案子裡。」

原來如此，所以才找我代打啊？

「我明白了。只要找到那個叫小島的男人，交給委託人就行吧？」

「沒錯。」

「太簡單了。」

我接下護女心切的次郎的委託，離開酒吧。

不過是找個人，根本是小菜一碟。

雖然對我而言很困難，但是對那傢伙來說，應該是易如反掌，他一定能夠馬上找到人。當然，前提是要付錢。

我立刻前往下一個目的地——中洲蓋茲大樓裡的咖啡廳。

咖啡廳邊緣的座位上坐了個髮型猶如香菇的男人。他的髮色是無限趨近白色的金髮，服裝是鮮豔的黃色連帽上衣加紅色緊身牛仔褲，一身引人注目的花俏裝扮。

我走上前去，香菇頭抬起臉來，停下敲打鍵盤的手。

「嗨，戰犯。」

他看著我露齒而笑。

這小子是榎田，和次郎一樣是豚骨拉麵團的隊員，位置是中外野手。他是個飛毛腿，守備範圍很廣，擔任第一棒，是隊上不動如山的頭號擊球員。

聽了榎田這句話，我想起自己在那場比賽中的失誤。這個男人常常滿不在乎地挖別人的傷口，是個很擅長惹人發火的傢伙，雖然家世良好，性格卻很糟。

我咂了下舌頭。

「……囉唆。」

「開玩笑的、開玩笑的。」

香菇頭樂不可支地笑著。

「棒球是九人運動，找戰犯沒有意義。球被打出去的投手有錯，無法得分的打線也有錯。明明不該把敗戰單單歸咎於和失分有直接關聯的選手，但是人類一遇到問題就想追究責任，真是一種愚蠢至極的生物。」

「……你幹嘛突然講這些？」

「昨天的鷹隊比賽，外野手漏接，造成再見敗戰。」榎田聳了聳肩：「那個失誤選手的社群網站被灌爆，一堆謾罵留言，像是『下二軍去吧』、『離開職棒』，甚至連『去死』都有。你不覺得很過分嗎？」

確實很過分，居然特地跑去人家的網站做這種事，簡直無聊透頂，連我也大為傻眼。

「這些人是閒著沒事幹嗎？」

「我正在追蹤留言的ＩＰ位址，寄病毒給所有砲轟那個選手的人。」

「……你也閒著沒事幹嗎？」

這小子是個技術高超的駭客，平時老是愛用電腦進行一些無傷大雅的惡作劇。雖然他很愛胡鬧，不過工作能力是一流的。這個男人同時是個可靠的情報販子，天底下沒有他調查不到的事。

「別再搞網路恐攻了，接一下工作吧。」我往榎田對面的座位坐下來說道：「我要你替我調查一個男人的下落。」

「好啊。誰？」

「這傢伙。」我把次郎給我的照片遞給榎田。「名字叫做小島郁斗，是伊井塚組經營的地下賭場的員工。」

「地下賭場？」榎田笑嘻嘻地望著照片。「他是偷了營收嗎？還是出老千，和賭客結仇？」

「他殺死經理，偷走店裡的錢。」

「所以現在正在跑路？」

「嗯。」

「真是壞透了，記得讓他死得痛苦一點。」

「不。」我搖了搖頭。「下手的不是我，是伊井塚組。我只負責把人交給他們。」

「原來不是殺人委託？」

「這次只是幫忙而已，次郎拜託我的。」

「哦，原來如此。」

下一瞬間，榎田動個不停的手指突然停下來。

「……啊……」

榎田喃喃說道，凝視著畫面。似乎出了什麼問題。

「怎麼回事？」

「我從手機的GPS追蹤那個男人的下落……他現在的位置是在伊井塚組的違法賭場。」

「他的手機怎會在那裡？」怎麼回事？我皺起眉頭。「凶手重回犯案現場嗎？」

「好像從昨晚就一直在那裡，應該只是把手機忘在店裡而已。」

「再不然就是逃走的時候不小心掉了……」

無論是哪種狀況，總之，無法透過手機的ＧＰＳ追查小島的下落了。

「有其他方法可以找到他嗎？」

雖然無法透過手機追蹤，但是榎田似乎還有後著。

「當然有。」他得意洋洋地笑道：「來看看信用卡的消費明細吧。」

榎田再次動起細長的手指敲打鍵盤，表情顯得很開心。這小子入侵電腦的時候，就和在打擊區裡嘗試觸擊短打時一樣神采飛揚。

「今天早上，小島好像在博多站前的店租了車。」榎田一面偷看信用卡公司的顧客資訊一面說道：「是輕型汽車，黑色的。」

「原來如此，租車啊……難怪伊井塚組的人怎麼找都找不到。」

為了甩掉追兵，小島八成是一直四處亂跑。

「這家租車公司為了防止車子被偷，在所有車子都裝上ＧＰＳ。只要入侵租車公司的系統，調查車子的現在位置……」

他敲了幾分鐘的鍵盤之後——

「查到了，小島租的車現在在這裡。」

榎田把電腦轉向我，並指著畫面。畫面顯示的地圖上有個閃爍的紅色標記。

地點是警固的立體停車場。

不愧是榎田，工作效率一流。

「謝啦，幫了我大忙。」

我遞了幾張萬圓鈔給情報販子以後，便離開座位。

那個香菇頭的情報向來正確無誤。我前往他兩、三下就查出來的小島所在位置一看，果然如他所言，停車場角落停著一輛黑色輕型汽車，車牌號碼也正如情報所示。

我窺探車內，有個男人戴著紐約洋基隊的帽子，躺在放倒的駕駛座椅上小憩。和照片上的男人長得一樣，這傢伙應該就是小島沒錯。

我敲了敲車窗。小島似乎睡得很熟，我敲了十二下他才醒來。他隔著車窗看著我，露出訝異的表情問：「誰？」

我繼續敲窗，小島不情不願地打開車窗。

「……幹嘛？」

他用剛睡醒的嘶啞嗓音問道。

我用右手一把抓住小島的頭髮，將他拉過來，並抓他的頭去撞窗緣。當然，我已經手下留情，但小島誇張地大聲哀號。

「好痛！」突然遭受攻擊，小島大驚失色。「幹、幹什麼啊！」

我從內側打開車門，使勁將駕駛座上的小島拉出來。

接著，我又揍了小島的心窩一拳，並用匕首槍抵著咳嗽倒地的他的腦袋，威脅他別動。若是他想逃，我就開槍射他的腳。只要別殺掉他，應該沒問題吧。

「你就是小島郁斗？」

為了慎重起見，我再次確認。小島並未否認，而是用充滿警戒的表情瞪著我。

「你、你到底是誰啊！」

「殺──」我本想自稱殺手，又改口說道：「偵探。」

「……啊？偵探？」

「沒錯。有人委託我找你。」

「是誰──」

「你的雇主。你應該心裡有數吧？」我好心替這個可憐的男人說明事情的來龍去脈。

「聽說你殺死賭場的經理，偷走店裡的營收？你的店長上司和老闆伊井塚組都很想見你，為了和你算帳才僱用我找人。哎，你是自作自受。」

「等、等一下！」

聞言，跌坐在地的小島舉起手掌對著我，高聲說道：

「拜託，聽我說！」

「我和你沒什麼好說的，要賠罪去跟上司說吧。」

「不是我做的！」

「……啊？」

這小子在胡說什麼？

「什麼跟什麼？」

我啼笑皆非地聳了聳肩。

「不是我，我沒有殺人。」小島一臉認真地說：「我只是發現自己把手機忘在更衣室裡，所以才回店裡。誰知道經理竟然死在大廳……經理不是我殺的，我發現的時候，他已經死了。」小島如此主張。

「那你幹嘛逃跑？」我嘆一口氣問道。

「……我怕大家懷疑我是兇手……」

但他逃走不是更引人懷疑嗎？租車四處逃竄的傢伙聲稱自己是無辜的，一點說服力也沒有。

「沒錯，我是從酒醉賭客的皮夾裡偷過錢……可是，我從來沒有動過店裡的錢！」

無論如何，他也不完全算是個好人。

「相信我，拜託你！」小島對著我低頭懇求。

就算真的殺了人，也沒人會乖乖承認「是我幹的」。這個業界盡是壞人、盡是騙子，一旦輕易相信，就會自食苦果。

「要我相信一個剛認識五分鐘的人所說的話？」我挺著刀子說道：「辦不到。」

「拜託你，放我走吧！」

「你還真是不到黃河心不死。乾脆一點認罪吧。」我一口否決男人的懇求。「反正來不及了，我已經把你在這個停車場的消息告訴委託人，他應該快到了。」

聞言，小島淚眼汪汪地喃喃說道：「怎麼會……」

隨後，一輛黑頭車駛進停車場，在我們附近停下來。

一名中年男子下了車。這個男人應該就是委託人福本。除了他以外，還有幾個顯然是黑道小弟的小混混也一起下車。

「你就是福本？我按照你的要求，找到人了。」

我對男人說道。

「嗯，做得好。」

福本點了點頭，命令周圍「把他抓起來」。小混混們抓住小島的手臂，打算帶走他。小島扭動身體反抗，但是敵不過他們。

福本從懷裡拿出一疊萬圓鈔，舔了舔左手的大拇指，熟練地點起鈔來。

「來，這是謝禮。」

他遞了十張鈔票給我。

雖然這是伊井塚組靠著地下賭場賺來的骯髒錢，我還是心懷感激地收下，將萬圓鈔隨意塞進口袋裡。「謝啦。」

我的工作結束了。

「請相信我，店長！」小島被塞進後車廂，哭喊聲響徹停車場。「不是我做的！」

這小子接下來要面臨的是地獄，八成會遭到嚴刑拷打，之後再殘酷地殺掉。

不過，與我無關。

我旋踵離開了停車場。

不知不覺間已經到了傍晚。我沿著昭和路走向博多一帶，腦中突然浮現一個念頭。

……肚子好餓。

這麼一提，我從中午到現在都沒有吃過任何東西，不如提早吃晚餐吧。左思右想過後，我選擇豚骨拉麵當晚餐，再度回到中洲。

有個熟人在那珂川沿岸的攤販街開店。那是個掛著紅色布簾的老攤車，店名叫做「小源」。攤車老闆剛田源造是個年近七十的老頭，同時是豚骨拉麵團的教練。

「——哦，林，歡迎光臨。」

一鑽過布簾，察覺我到來的源造便露出笑容招呼。

沒有其他客人。我點了一碗拉麵，往正中央的位子坐下。源造問：「只要拉麵就夠了麼？工作呢？」

這個攤車等於是窗口，其實老爺子的本行是殺手仲介。自由殺手常常來這家店找工作，我也是其中之一，不過這次的目的不同。

「不用。」我搖了搖頭。「今天只是來吃飯。」

「這樣呀，那就慢慢用唄。」

在我動筷夾起送上的拉麵之際——

「——源伯。」另一個客人來了。「你好。」

一個年輕男人在我的隔壁坐下來。他頂著一頭花俏的髮型，身穿西裝，顯然是個上班前的牛郎。

那個客人一看見我的臉，就一臉遺憾地嘟起嘴巴。

「呿，搞什麼，原來是林啊。」

是我認識的人。這傢伙名叫大和，正如外貌所示，平時在中洲的牛郎俱樂部工作。

「我以為有美女坐在這裡，才過來打招呼的。」大和埋怨：「你太混淆視聽啦。」

原來如此，難怪位子那麼多，偏偏要擠到我的隔壁來。這傢伙的好色當真是根深蒂固。

「從背影就認得出來了吧？」埋怨我有什麼用？我聳了聳肩。「平時我們都在一起練球耶。」

「認得出來才怪，從我的守備位置根本看不到你的背影。」

大和也是豚骨拉麵團的先發隊員，是擅長耍小花招的第二棒打者，守右外野。的確，從右外野看不到游擊手的背影。

在我們並肩享用拉麵時，源造起了話頭。

「這麼一提，林，今天那小子怎麼沒有一起來？」

他口中的那小子，指的應該是我的同居人吧。

「有什麼關係？」我嘆一口氣回答：「我偶爾也想自己吃飯。」

再說，那傢伙的傷勢還沒痊癒，是我要他在家裡乖乖靜養，怎能拉著他四處跑？

「怎麼啦？」源造歪頭納悶。「你好像不太高興。」

「是不是工作搞砸了？」大和也插嘴說道。

「怎麼可能？兩、三下就解決了。」我嗤之以鼻。「不過抓個男人就給我十萬，委託人真夠大方。」

「……欸，林。」

大和停下筷子，把臉轉向我。

「你說的男人，就是這小子？」

說著，大和揚了揚一張紙，上頭印著小島的臉。是次郎給我的照片。

我明明放在衣服口袋裡，不知何故，現在卻跑到大和手上。我驚訝地瞪大眼睛。

「你是什麼時候……」

這麼一提，這小子是扒手，牛郎是他的副業，本來是靠著偷人錢包維生。他的本事不賴，從我的口袋中偷偷摸走照片，應該不費吹灰之力。

「……你的手腳還是一樣不乾淨。」

「這大概就是所謂的職業病吧？」

聽了我的諷刺，大和面露賊笑。

接著，他端詳照片喃喃說道：

「——啊，這不是小島嗎？」

「你怎麼知道？」

我吃了一驚。沒想到這傢伙的口中居然會冒出小島的名字。

源造也歪頭納悶。

「怎麼？大和，你認識他？」

「這小子以前和我是同行，從前也在這一帶當扒手，說來算是我的競爭對手。」

原來大和認識我的目標，讓我不禁感慨這世界真小。

「幾年前，他不當扒手了，跑去伊井塚組的百家樂賭場當服務生。聽說他會偷客人的皮夾，抽走一萬圓以後再放回去，靠這種小花招賺外快。」

這個傳聞是事實。小島自己在我面前也招認了他偷過賭客的錢。

「後來這種小花招無法滿足他的需求了。」

我說道，這回輪到大和歪頭納悶。

「啊？什麼意思？」

「他也偷了賭場金庫裡的錢。」

「啊？」大和大吃一驚。「小島偷了伊井塚組的錢？」

「不只如此，他被賭場經理逮個正著，居然把對方殺了。」

我說明事情的來龍去脈。

然而——

「不不不，不可能啦！」

大和嗤之以鼻。

「小島不再扒一般人的皮夾，就是因為他不想坐牢。如果找違法賭場的賭客下手，即使犯行被發現，也不用擔心對方會報警。」

大和一面大聲吸麵條，一面繼續說道。

「那小子在扒手裡是膽子特別小的一個，才沒那個膽量偷黑道的錢。」

我皺起眉頭，側眼看著大和。「……你說的是真的嗎？」

「我騙你幹嘛？」

說得也是。

吃完晚餐，我在中洲川端站搭乘地下鐵，走出JR博多站的筑紫口，步行回家。距離車站約十分鐘路程的老舊住商混合大樓——這棟大樓的三樓是馬場偵探事務所，我現在就住在這裡。

我走上三樓，打開事務所兼住家的門。

「——呀，小林，你回來啦！」

同居人的聲音傳入耳中。

這傢伙的名字是馬場善治，表面上是這間事務所的所長，背地裡從事和我一樣的工作。換句話說，是殺手。

馬場正坐在沙發上看電視。

「我回來了。」我的輕喃聲被實況主播的大嗓門蓋過。

『兩隊先發投手的表現都十分精彩，比數是零比零同分，現在終於有跑者在無人出局的情況下上壘。這種時候當然不能輕易讓打者上壘——』

電視正在播放棒球比賽轉播。馬場熱愛棒球，是本地球隊的球迷，同時是豚骨拉麵團的隊長，通常擔任第三棒。他的守備位置是二壘手，和我是二游搭檔。

我決定一起看電視，在馬場身旁坐下並蹺起腳來，不自由主地嘆一口氣。

「咦？怎麼啦？」馬場看著我。「你好像悶悶不樂的。」

「……沒有。」

雖然嘴上這麼回答，但心裡確實不太舒暢。

工作順利結束，酬勞也全數拿到，可是不知何故，我就是覺得不太對勁，有種難以釋懷的感覺，打從剛才就有股反胃感。

理由我很清楚，是因為大和的那番話。

他一口斷定小島沒膽量盜用公款和殺人，而小島也堅稱「不是我做的」。雖然小島的話我信不過，但隊友的話足以信賴。

電視裡上演著令人屏息凝氣的投手戰。零比零，九局上，無人出局，一壘有人。站上打擊區的打者擺出觸擊姿勢，減輕力道，讓球往前滾動。三壘手往前猛衝，抓住了球回身傳球。他並非傳向一壘，而是二壘。

『啊，二壘安全上壘！一壘也安全上壘！』

他原本是打算封殺二壘的跑者，誰知跑者的腳程快一步。補位的野手立刻傳向一壘，但為時已晚。

身旁的馬場抱住腦袋。「呀！為啥傳二壘！」

實況主播也高聲說道：『無人出局，一、二壘有人！三壘手的野手選擇擴大了危機！』

隨後，投手被打出安打，馬場發出哀號。鷹隊以一比零落後了。

野手選擇——之前發生的事閃過腦海。練習比賽的最後一局。當時也是因為我傳的球沒能封殺跑者才導致球隊輸球。雖然紀錄上是內野安打，但那確實是因為我的判斷失誤而造成的敗戰。

一個念頭突然閃過腦海。

——這次的事呢？

我的判斷是正確的嗎？

我沒有把握。

「……這麼做真的好嗎？」

我忍不住喃喃說道。

「怎麼了？小林。」馬場望著我。「發生啥事？」

自己的選擇或許是錯誤的。我垂下頭來，簡單扼要地說明這次的事件。

「事情是這樣的——」

我一面向馬場說明，一面想起小島那張可憐兮兮的臉。我沒有殺人，相信我，拜託——他懇求的聲音在腦海中縈繞不去。我現在已經不認為小島在說謊。

如果那個男人所說是實話，那我就是把一個無辜的人送進地獄。

「或許……」我嘆一口氣。「我犯下滔天大錯。」

我雖然是偵探，但更是個殺手，在法律上不算好人，我也不認為自己是什麼正義的英雄。不過，制裁背黑鍋的人，違反我的主義。

我應該採取的行動，或許不是交出小島。

可是——

「……現在已經改變不了什麼。」

事到如今已經太遲了，小島大概早就被伊井塚組收拾掉——在經過嚴刑拷打之後。

「人生就是一連串的失誤。」

凝視著電視的馬場突然開口。

「重要的是事後怎麼做——對唄？」

電視裡突然傳來一陣騷動，實況主播高聲大叫，似乎是鷹隊選手打出全壘打。電視重播了剛才的畫面，只見選手瞄準好打的滑球，大棒一揮，擊出朝著左外野看台的平飛全壘打。

仔細一看，那名打者正是剛才那個犯下野手選擇失誤的三壘手。

鷹隊靠著陽春全壘打獲得一分，比數是一比一同分，在緊要關頭追平了。

「是男子漢，就要自行補救。」

馬場側眼看著我，露齒而笑。

「相信自己的直覺，採取行動。若是有什麼狀況，夥伴會支援你的。」

重要的是失誤之後怎麼做。

自行補救，相信直覺——

「……直覺啊？」

原來如此。

不知何故，馬場的話有時候很有說服力。雖然他平時總是嘻皮笑臉，其實對事情看得很透澈。但也有看走眼的時候就是了。

這次就聽從這傢伙的建議吧。

——好，該怎麼辦？

我如此自問。

現在的我，有什麼選擇？

總之，必須從頭查清楚這次的事件。

豚骨拉麵團有個叫做重松的隊員，守備位置是捕手，職業是刑警。我先打了通電話給這個男人，因為我有件事要請他幫忙調查。

十幾分鐘後，重松回電給我。

『我照著你說的確認過了，目前還沒發現這樣的屍體。』

「果然沒有啊……」

這是個令人遺憾的消息。原本以為檢查伊井塚組處理掉的經理屍體就能夠得到線索，但最關鍵的屍體下落不明。連警察都不知道，代表——

『那個男人工作的賭場，是伊井塚組經營的吧？』

重松詢問，我點了點頭。「嗯，是啊。」

『我問過犯罪組織課的同事，伊井塚組的人好像都是委託業者處理屍體。』重松的嘆息聲傳來。『現在要找應該很難。』

正如重松所言，現在那個經理的屍體很可能連骨灰都不剩。一旦牽涉到業者，要找出屍體便是難上加難。

……不，等等。

某個男人的臉龐突然浮現於腦海中。

「——對喔，業者！」

我忍不住叫道。

『喂，怎麼了？』

「謝啦，重松。多虧你，或許找得到屍體了。」

『啊？喂，林——』

我掛斷電話，立刻坐上計程車。

目的地是天神一帶。有個熟人在這裡開診所，表面上的名義是美容整形，其實院長承包的不只一般工作。

現在是晚上十一點，診療時間早就過了，但是建築物裡還有人的氣息。

「——哎呀，林先生。」敲了敲入口的門之後，一名戴著眼鏡的白衣男子現身，請我入內。「怎麼了？真是稀客。」

這個人是診所的院長佐伯，態度溫文有禮，看起來像是從事正當行業的人，其實是地下工作者專用的密醫。除此之外，他還仲介屍體買賣及處理等業務，是個充滿神祕色彩的男人。

佐伯帶著我來到診所暗門之後的房間。那是他的祕密工作室，帶著一股涼意，氣氛活像太平間。中央有個大平台蓋著藍色塑膠布，底下應該躺著屍體。

「我有事想問醫生。」我帶入正題。「你接過伊井塚組的委託嗎？」

佐伯醫生點了點頭。「嗯，有。他們是我的常客。」

果然有。我揚起嘴角。一如所料，關於屍體的事只要問這個人就能掌握到眉目。

「這具屍體也是他們委託的。」

說著，醫生掀開塑膠布，露出一具全裸的男屍。

——是小島郁斗。

他似乎被痛毆過，屍體臉部紅腫，全身都是瘀青。

……果然被殺掉了。

看見他的慘狀，我忍不住別開眼。

感覺很不舒服。這傢伙的死有一部分是我造成的。因為我的疏失，將無辜的人逼上死路。

一個念頭突然閃過腦海——如果這是我的朋友呢？

如果我的疏失給朋友添了麻煩，造成無可挽回的局面，我大概會自責一輩子吧。

「剛才伊井塚組派人送來的。」

「在這之前，他們還有送其他屍體過來嗎？」

「有。」佐伯點頭。「今天凌晨，我確實收到一具屍體。」

應該就是那個經理的屍體吧。

「我想看看那具屍體。」

「對不起，林先生。」佐伯一臉抱歉地說：「屍體已經不在這裡。他們要求徹底毀屍滅跡，連骨頭都不留，所以我把屍體交給鑽石葬業者。」

「鑽石葬？」

「從火葬後的骨灰裡提取碳元素，製作成合成鑽石。因為連遺骨都會用上，很適合處理屍體，所以在地下社會也很流行。」

「這麼說來，那具屍體已經變成普通的寶石？」

「對。現在應該已經上了遺骨鑽石收集狂的拍賣網吧。」

「混蛋！」我咂了下舌頭。「慢一步……」

原以為可以從屍體找到凶手的線索，現在被做成鑽石，那就無計可施。該怎麼辦？在我束手無策之際——

「不過，照片我有留下來。」

醫生如此說道。

聞言，我忍不住高聲反問：「真的？」

「做這一行，不知道什麼時候會被追殺，為求保險，我會將處理過的屍體的詳細資料隱密地保留下來，以防萬一。」

醫生面露苦笑。

「就是這個。」

說著，他抽出放在一旁書桌上的檔案夾遞給我，裡頭夾著幾張屍體的照片。

「我這個外行人也驗了一下屍。從死後僵硬及屍斑的情況判斷，推定死亡時間應該是在晚上十二點到凌晨三點之間。」

正好是案發的時段。

「死因是出血性休克死亡。瞧，胸部有三個傷口，凶器似乎是尖端銳利的物品，或許是——」

「冰錐。」

我回答。

「很有可能。」

「嗯。聽說凶手是用店裡的冰錐下手。」醫生的見解是正確的。「其他還知道些什麼嗎？」

「嗯，從傷口的位置判斷，凶手的身高在一百七十至一百八十公分之間，很有可能是左撇子。」

「……左撇子？」

佐伯醫生點了點頭。

「請看這裡。」

他指著屍體的照片。是胸口上的刺傷。

「我確認過傷口的角度，三個傷口都是稍微由左往右斜。如果是右撇子拿冰錐刺人，這種角度不太自然吧？」

沒錯。我點了點頭，自己也試著比畫刺人的動作，用右手和左手持凶器，呈現的軌道大不相同。用右手拿冰錐，要刺出這種角度的傷口，姿勢會變得十分怪異。

我從口袋中拿出那張照片。照片中的小島是用右手滑手機。

「……小島郁斗是右撇子。」

果然不是他幹的。

——那真凶是誰？

「凶手是左撇子……」

我喃喃說道，陷入思索。

隨後，我猛然醒悟過來。我想起了那個男人，記得他是左撇子沒錯。

倘若我的記憶正確無誤，凶手很可能是他。

為了確認真相，我打了通電話。

「——喂，香菇。」通話對象是情報販子。「我要你立刻幫我調查一個人。」

到頭來，怎麼做才是正確的？應該採取什麼行動？老實說，我還是不太明白。

或許根本沒有正確答案。有時候，自以為正確的行動，從另一面來看卻是錯誤的。

不過，這不重要，問題在於我能否心安理得。只要能夠心安理得，就算採取的不是最佳方法也無所謂。即使是犯法的壞選擇，也遠比讓真凶逍遙法外來得好。

「——找我有什麼事？」

我一踏入伊井塚組的違法賭場，男人便如此詢問。倚著賭場邊緣的開放式酒吧吧檯而立的，就是在我交出小島時支付酬勞的男人——這家賭場的店長福本，同時是我的委託人。

現在是凌晨，賭場早就打烊了，沒有半個客人，員工也已全都回家，在場的只有我和福本兩人。是我要求福本清場的。我告訴福本有事要說，約他在這裡見面。

「我調查過你。」

我與福本正面對峙，立刻切入正題。

「我們的情報販子很優秀，查出許多有趣的情報。你的賭癮好像很重啊，監視器拍到你去其他地下賭場的畫面。那是松平組經營的賭場。」

在那之後，我請榎田徹底清查福本的背景。當榎田發現福本和其他黑道的關聯時，連我也不禁大吃一驚。

「那又怎樣？」福本一副你奈我何的表情回答：「只是去查探敵情，順便玩個幾把而已，有那麼嚴重嗎？」

「玩個幾把……？」我嗤之以鼻。「玩到欠下一屁股債，應該不叫玩個幾把吧？」

欠債——福本對這個字眼產生了反應，瞪大眼睛。

「你怎麼會——」

「我說過吧？我們的情報販子很優秀。」

沒有那個香菇頭查不到的事。福本不只是常跑松平組經營的地下賭場，還頻繁向一家叫做玄海金融的地下錢莊借錢。

順道一提，玄海金融是松平組的掩護企業，我以前也接過他們的殺人委託。

換句話說，福本是被松平組扒了兩層皮的肥羊。

「調查以後發現，你還債的前一天，賭場的帳簿數字都會對不上。這未免太過湊巧了吧？」

福本的臉色略微沉下來。

「……你想說什麼？」他的聲音充滿警戒，看來是明白我的意圖。

「盜用店裡公款的人不是小島，而是你吧？」

我目不轉睛地盯著福本，繼續說道：

「你為了還債盜用營收，被經理發現了，威脅要向老闆——也就是伊井塚組的人告發你，你一時心急，就殺了經理滅口，而且嫁禍給小島。」

福本笑道「別胡說了」，但他的眼神並沒有笑意。

「我也請人驗過經理的屍體，上頭的傷痕顯示凶手很可能是左撇子，這時候我才想起你是左撇子。」

我記得很清楚。這傢伙在停車場付我酬勞時，是用左手的手指點鈔。

「凶手不是小島，其實是你幹的。」

「不是我。」福本一口否認。

我早就料到他會這麼說。「哎，你當然不會乖乖承認。」

「這只是你的猜測。」福本對我投以挑釁的視線。「天底下的左撇子多的是，你有證據證明是我殺的嗎？」

「沒有。」我聳了聳肩。「監視器沒有拍到畫面，屍體也已經變成鑽石。」

沒有證據，到目前為止全是我的推測。

「所以，我這就要來製造證據。」

「製造證據……？」

「對。」

我有我的辦法。

「既然沒有證據，只好自己製造。」

有種證據是只要凶手還活著就絕對無法湮滅的。

那就是自白。

有別於檢調機關，在我們這種不守法的世界裡，只要有自行認罪的言詞，便足以證明當事人有罪；即使是在脅迫之下得來的自白，也是不折不扣的證據。

「所以今天我找了幫手。」

「幫手？」

「我的拷問師朋友。他應該快到了。」

我有個外籍朋友，名叫何塞·馬丁內斯。他也是豚骨拉麵團的隊友，守備位置是一壘手，並是隊上最可靠的第四棒打者。

馬丁內斯的可靠之處不只在於棒球。他的本行是拷問師，熟知折磨人的方法，雖然本性善良卻十分擅長把人逼到崩潰邊緣，藉此套出情報。

「他會拷問你，逼你說出真相。覺悟吧！」

下一瞬間，店門打開，馬丁內斯似乎來了。

「怎麼這麼晚才來？馬丁——」

我轉頭望向店門口，頓時啞然失聲。

——不是馬丁內斯。

走進店裡的不是我的朋友，而是身穿黑西裝的流氓，共有五人。他們應該全是福本的小弟。

這是怎麼回事？

「養了優秀情報販子的不只你一人。」

福本笑道。

「我知道你在四處打探我的事，所以決定除掉你。我已經查出你家住址，並且派了殺手過去，看來是錯過了。沒想到你竟然敢單槍匹馬闖進這裡。」

——我家？是指偵探事務所嗎？

我有種不祥的預感，忍不住咂一下舌頭。馬場在事務所裡，現在大概正悠哉地睡大頭覺。他還在養傷，狀態不比平時，但願沒演變成棘手的局面……

福本對著擔憂朋友安危的我露出嘲笑般的表情。

「明明乖乖照著委託辦事就好，偏偏要去翻舊帳，還大搖大擺地跑來送命，真是個蠢蛋。」

「這句話可以當作是你的自白吧？」

「隨便你，反正你會死在這裡。」

包圍我的小弟們一同舉起槍。

「……原來如此，是這麼一回事啊。」

不光是福本，這些人全都分了一杯羹。他們和福本勾結做假帳，降低上貢金的比例，中飽私囊。

——翻舊帳？福本這句話我可不敢苟同。這件事還沒完呢。

再說，用不著他強調，我原本就打算乖乖照著委託辦事。

「我接到的委託是『逮住兇手』。」我緩緩從懷裡拿出愛用的匕首槍。「所以我會照辦。」

這是我的選擇。

對手是手持武器的小弟們和福本，共計六人。我的武器也可以當成手槍使用，但是子彈數量不足以打倒所有人。匕首槍適合用於奇襲，不適合用於槍戰，我必須設法弄把武器來。

「殺了他。」福本一聲令下，眾小弟一齊扣下扳機。

——同時，我採取了行動。

我迅速奔向距離最近的男人，趕在他扣下扳機前將他的手臂往上踢。槍口指向上方，槍聲響徹四周。子彈沒有打中目標，而是嵌進天花板裡。

接著，我給對手的心窩一拳。男人因為劇痛而鬆手，手槍從掌中滑落。我撿起手槍繞到他的背後，拿他當盾牌。就算是流氓，也不會對自己的弟兄開槍吧。

我用左手上的刀子抵住男人的脖子命令：「別動。」

「你們在幹什麼！快點殺了他！」福本的怒吼聲傳來。

現場陷入膠著狀態。弟兄被當成人質，黑衣小弟們舉著槍動彈不得。

不過，我動了。

我的右手握著搶來的槍，瞄準目標，朝著用槍指著我的四名小弟開槍。

一槍命中頭部，一槍命中胸部，剩下的兩人壓低身子在大廳裡四處逃竄。抱著人質無法好好瞄準，於是我割斷拿來當盾牌的男人喉嚨，將他扔在原地。

激烈的槍戰開始了。

我推倒附近的百家樂台，躲在後方抵擋子彈，並對著剩下兩人開槍。一個腹部中彈倒地，另一個大腿中彈，我趁著他拖著腳逃走時射殺了他。

待我收拾掉所有小弟時，賭場已經變得面目全非。滿地的屍體、濺血的牆壁和地板、千瘡百孔的百家樂台和椅子，應該會有好一陣子無法營業吧。

至於最關鍵的福本，在槍戰期間似乎一直躲在開放式吧檯裡。不知幾時間，他來到門前，正要逃出賭場。

「喂，站住！」

福本充耳不聞地打開門。

在他打算離開之際——

「啥！」福本大叫：「你是誰！」

門外有個男人擋住出口。

那是個膚色黝黑的高大外國人。

我的朋友馬丁內斯。

「抱歉，林，我遲到了。」馬丁內斯對著店裡的我舉起一隻手。

「不。」我搖了搖頭。他來得正是時候。「你來得正好，幫我抓住他。」

「ＯＫ。」

馬丁內斯迅速逼近往後退的福本，將他壓在地上，並騎在上頭，不讓他動彈。被近兩米高的巨大身軀壓住，福本完全無計可施。

好，拷問時間到了。

「結束以後，我會把你交給伊井塚組——連同你的自白錄音檔。」

「啥——」福本瞪大眼睛。「別開玩笑了，混蛋！」

「話說回來，你把這裡鬧得天翻地覆啊……」馬丁內斯環顧四周笑道：「我晚來是正確的。」

「剩下的就交給你。」

「ＯＫ。」

馬丁內斯拿出針筒，朝著福本的脖子打了一針。針筒裡的液體緩緩注入福本的血管之中。

福本一臉害怕。「……你、你對我做了什麼？」

「我打了硫噴妥鈉。」馬丁眯起眼睛。「別擔心，不會死人的，只是俗稱的自白劑。過一陣子，你的話匣子就會打開。」

「別、別碰我！」福本一面扭動身體一面怒吼：「王八蛋！」

「你才是王八蛋。」我望著福本的眼睛說道：「你是自作自受。想想自己做過的事吧。」

待藥效開始發揮作用之後，大呼小叫的福本便安靜下來。他變得雙眼無神，一臉茫然，看來招供只是時間的問題。

這時候，我想起一件重要的事。

福本剛才說他派了殺手去我家。

「糟糕，馬場——」

馬場有危險。

福本派出的殺手應該已經抵達事務所。那傢伙沒事吧？

馬丁將福本五花大綁，一旁的我則是拿出電話，立刻打給馬場。

電話響三聲之後接通了。『喂？』

……他還活著啊。

「喂，你沒事吧？」

一如平時的悠哉聲音隔著電話傳來。

『怎麼啦？小林。』

「你還問？你那邊──」

『哦！』馬場用恍然大悟的口吻說道：『這麼一提，有客人上門。』

「是伊井塚組的殺手，來殺我的。」

『現在在地板上躺平了。』

馬場平安無事，太好了──我鬆一口氣。哎，我也不認為這傢伙會輕易被做掉啦。

「……抱歉，給你添麻煩。」

雖然人平安無事，但畢竟是我讓虛弱的馬場陷入危險。沒有預料到福本的反擊是我的疏失。

然而——

『沒關係。』馬場在電話彼端笑道：『我不是說過麼？夥伴會支援你的。』

「是啊。」我也笑了。

這次的事光靠我自己的力量是無法解決的，全都要感謝豚骨拉麵團的大家。

多虧這群好夥伴。

當時決定打棒球，似乎不是錯誤的選擇。

掛斷電話後，我對一旁準備錄音的馬丁內斯說：「欸，你肚子餓不餓？工作結束以後去喝一杯吧，邀所有的隊員一起去。」

我表示要請客，讓馬丁內斯瞪大眼睛。

「你怎麼突然變得這麼慷慨？怪恐怖的。」

「偶爾一次又有何妨？」

我揚起嘴角。這麼做的用意是為了答謝大家，不過這一點就瞞著他們吧。

馬丁內斯點了點頭，面露賊笑說：「那就快點結束工作吧。」並按下錄音鍵。

Hakata Tonkotsu Ramens
Extra Games
正當錢財

靜靜佇立於中洲角落的酒吧「Babylon」，老闆次郎今天也忙著準備開店。這家店除了他以外，沒有其他員工。次郎時而擦拭利口酒杯，時而確認營業用冰箱的內容物，忙碌地穿梭於吧檯內。

美紗紀很喜歡在放學後來這家店，待在忙著工作的次郎身邊默默寫作業。這家店很舒適，有助於集中精神，吧檯座位是她最愛的位子。為了避免打擾次郎工作，美紗紀寫完當天的作業以後就會立刻回家。這是她在心中訂下的規矩。

不過，今天不一樣。算術習題早已解完，放進書包裡了。美紗紀在吧檯前拄著臉頰，一面喝著酒杯裡的柳橙汁，一面不動聲色地觀察吧檯裡的次郎，思索什麼東西才是次郎想要的。

這個月底——十月二十七日，是次郎的三十一歲生日。

美紗紀打從心底感激次郎。

她和次郎相識的時候還沒上小學。次郎救了被繼父虐待的她，接納她成為家人，讓她過著現在這種衣食無虞的生活，並盡力滿足她的所有需求。教學參觀時，次郎總是西裝筆挺地出席；遠足的時候，次郎會替她準備五彩繽紛的卡通便當。對於身兼父母二職的次郎，美紗紀一直滿懷感激，衷心覺得自己能夠被他收養是三生有幸。

美紗紀希望自己也能夠做些讓次郎高興的事。次郎人很好，不管送什麼禮物，他一定都會表現得很開心，不過這樣就沒有意義了。美紗紀希望他發自內心高興。

送禮真的好難。即使一起生活、形影不離，還是不明白對方真正期盼的是什麼。次郎很愛漂亮，嗜好是購物，但以自己的品味挑選出來的東西，他看得上眼嗎？美紗紀沒有自信。

在美紗紀一面喝果汁，一面繼續觀察之際——

「哎呀，討厭。」

次郎突然叫道。

「怎麼了？」

「沙龍破一個洞。」次郎用自言自語般的口吻說道。

所謂的沙龍即是俗稱的沙龍圍裙，咖啡廳店員或酒保圍在腰上的那種。次郎的是長及腳踝的黑布、在前方打結的款式。

次郎扶著臉頰嘆一口氣。「都已經破破爛爛，也該換件新的。」

他凝視著黑布，感慨良多地笑了。

「……話說回來，這是我剛開店的時候買的，難怪變得這麼破爛。」

次郎從前是美容師，因為某件事而辭掉工作，成為復仇專家。他就是在那時候決定開店的。這麼說來，那件圍裙至少和次郎一起工作了四年。

美紗紀的腦中突然浮現一個疑問。「欸，次郎。」

「什麼事？」

「你為什麼要做這份工作？」

仔細想想，實在不可思議。

次郎為什麼要兼營酒吧和復仇專家的工作？

美紗紀提出疑問，次郎挺起胸膛回答：「那還用問？因為我需要錢啊。」

「我們家很窮嗎？」

「倒也不是。」次郎面露苦笑。「錢永遠不嫌多。為了妳的將來打算，也該多存點錢。」

美紗紀歪頭納悶。「……為了我？」

「是啊。」次郎點頭。「我希望妳能過自己想要的人生，上想上的學校、住想住的地方、做想做的工作……我不希望拿沒錢當理由，叫妳放棄任何事。」

想做的工作——美紗紀想做的工作永遠是次郎的助手，以後也不會改變，但次郎大概不會當真吧。

「所以要趁現在多賺點錢。」次郎眨了眨眼說道。

——是為了錢才開酒吧？

美紗紀更不明白了，再次問道：「專做地下工作，不是更容易賺錢嗎？」

專心從事復仇專家的工作，收入應該會更豐厚。

聞言，次郎停下擦拭酒杯的手。

「聽我說，美紗紀。」

他來到美紗紀面前，微微屈下身子，配合美紗紀的視線高度。

「人要是習慣輕鬆賺錢，就會墮落。」

次郎一本正經地說道。

換句話說，是為了記住賺錢的辛勞，才做這份工作嗎？

不過，復仇工作並不輕鬆，反而很辛苦。

「復仇專家也很辛苦啊。」

「用正確的方法賺錢很重要。」次郎笑道：「尤其是像我們這樣的人。」

再說——次郎又補充一句。

「我希望用在寶貝女兒身上的錢是乾淨的。」

美紗紀認識的特殊人物不只有次郎一個。交到有生以來的第一個朋友以後，美紗紀時常與他一起共度休閒時光。

隔天，美紗紀在放學後造訪那位朋友的家。雖說是家，但其實是一輛車子。他住在露營車裡。

朋友名叫麥加，是個神祕的旅行藝人。他的車子總是在福岡市內四處巡迴。這一天，車子是停在中洲的投幣式停車場裡。

「美紗紀，歡迎光臨。」

麥加從鮮紅色露營車裡探出頭來，邀請美紗紀入內。

今天他不是平時的小丑打扮，而是穿著便服、沒有化妝，扣除那頭顏色花俏的頭髮，看起來就像個二十來歲的普通青年。

上車後，麥加一如平時，端出紅茶和茶點招待。今天的紅茶是檸檬紅茶，他們一面慢慢品茶一面閒聊。和精神有問題的麥加說話，有時會陷入雞同鴨講的狀態，即使如此，對美紗紀而言，在這裡度過的時光依然很愉快。

「對了。」美紗紀突然感到好奇，開口詢問：「麥加，你的生日是什麼時候？」

麥加歪頭納悶。「生日？」

「就是你出生的日子。你是什麼時候出生的？」

「不知道。」

「不知道……」這回輪到美紗紀歪頭納悶。「沒有人幫你慶祝過嗎？」

麥加兀自沉吟，手指抵在嘴唇上，視線飄向斜上方，似乎在回顧過去的記憶。

片刻過後——

「沒有！」

他滿面笑容、精神奕奕地回答。

居然沒有人幫他慶祝過生日？美紗紀大吃一驚。說來令人感傷，這並非不可能的事。麥加自幼過著受虐的生活，他的爸爸搞不好從來沒對他說過半句好聽話。

「生日是要慶祝的嗎？」

「一般都會慶祝吧？」

一般的家庭應該每年都會慶祝才是。美紗紀自己也不是在一般家庭長大，不過她聽國小同學如此說過，次郎也是每年都替她慶祝。

「生日一年才一次，是值得慶祝的日子，會買蛋糕、吹蠟燭，還可以收到禮物。」

「哦！」

麥加興致勃勃地聆聽。

可憐的麥加。美紗紀還有次郎，他卻沒有溫柔的父母，連生日都不知道。美紗紀暗想，希望有一天能夠替麥加慶祝他的誕生。

不過，麥加生日的事現在暫且擱下，美紗紀有個必須先解決的急迫問題。

「——老實說，次郎的生日快到了。」

美紗紀帶入正題，麥加愣愣地聽著。

「我想買蛋糕和禮物送他……」美紗紀嘆一口氣。「所以需要錢。」

「需要錢？」

「嗯。」

「要去這裡借嗎？」

說著，麥加拿出某樣東西。那是一包面紙，應該是街頭發放的吧，背面插入的廣告上寫著：『給現在急需用錢的您！無須審查，無須保證人，讓玄海金融當您的靠山！』

「不要。」美紗紀一口否決：「再說，我需要的金額也沒大到必須向地下錢莊借錢的地步。」

「多少錢？」

「唔……大概四、五千圓吧。」

蛋糕和做為禮物的沙龍各估個兩、三千圓，加總起來大概需要這麼多錢。

「四、五千圓……？」

麥加立刻站起來，從收在房間深處的街頭表演道具中拿出一頂黑色絲綢帽，並從裡頭取出五張千圓鈔。

「來，給妳。」

他笑容滿面地將錢遞給美紗紀，大概是要美紗紀拿這筆錢去用。

「不是啦，不是這個問題。」

似乎讓麥加誤會了。重點不在這裡。

「錢我自己也有。」

身為復仇專家的打工費全都存起來了，區區五千圓，美紗紀完全負擔得起。不過，問題不在於金額。

「美紗紀，妳有錢？」

「有啊。」美紗紀點頭。「不過那些錢是幫忙次郎工作，次郎給我的。說穿了，那還不是次郎的錢嗎？用那些錢買生日禮物，你不覺得怪怪的？」

麥加沉吟一會兒後回答：

「麥加不懂。」

要他理解，或許還太難了。

「總之！」美紗紀握緊拳頭。「我想用自己賺來的錢讓次郎開心！」

「美紗紀想賺錢？」

「對，就是這個意思。」

然而，這裡又冒出另一個問題。

「可是我沒有方法。」

美紗紀還是小學生，不能打工。

聞言，麥加說道：

「有方法啊。這個。」

他出示的是街頭表演道具，形狀與保齡球瓶相似的三根雜耍棒。

「……你要我靠街頭表演賺錢？」

麥加得意洋洋地點頭。「和麥加一起表演，就能賺錢。」

他的提議是一起當街頭藝人上街表演，賺取金錢。雖然感覺並不容易，不過美紗紀目前也想不出其他方法，就暫且借助他的力量吧。

「——所以我該怎麼做？」

麥加開車行駛了一會兒，抵達福岡市內的一座小公園。他似乎是打算在這裡練習雜耍。

「美紗紀，站到那邊去。」

一下露營車，麥加便如此下令。

他手上握著一顆鮮紅色的蘋果。

——蘋果？

拿蘋果做什麼？美紗紀暗自歪頭納悶。

「別動喔。」

麥加把蘋果輕輕放在美紗紀頭上。只要稍微動一下，蘋果恐怕就會滑落。

「保持這樣，保持這樣。」

麥加慢慢地遠離美紗紀。

拉開約五公尺的距離後，麥加回過頭來，與美紗紀正面相對。這回他的手上多了幾把小型飛刀。

「等、等一下！」

美紗紀有股萬分不祥的預感，連忙出聲叫道。

「那些刀子是做什麼用的？你想幹嘛？」

「用來扔的。」

「對著我扔？」

「對著蘋果扔。」

……意思還不是一樣？

「不要！」

面對突然說出這番荒謬話語的麥加，美紗紀一陣愕然，高聲抵抗。

「不要、不要，絕對不要！」

「不要緊，不要緊。」

「很要緊！」

「麥加很厲害，不會射偏的。」

「不是這個問題！」

美紗紀拿下頭上的蘋果叫道。

就算麥加的技術再怎麼高超，凡事總有萬一，要是失敗了怎麼辦？

「麥加扔。」麥加指著自己，接著又指向蘋果。「刀子射中，觀眾開心，給錢。」

這樣的驚人招式一旦成功，觀眾的確會大方打賞，但美紗紀不想做這種對心臟有害的事。

「教我別的把戲，更安全的。」

「美紗紀真任性。」

「隨便你說。」

美紗紀把蘋果扔還給麥加。

麥加不情不願地說「那換這個」並拿出了小球，而且是三顆。他華麗地操控著小球，展露一手拋接本領。

「美紗紀試試看。」

他將球遞給美紗紀。

「咦？」

「別『咦』了。」

「我做得到嗎……」

美紗紀不知所措地望著三顆球，麥加露出賊笑問：「那要改回飛刀嗎？」

「我會加油的。」

她才不要被扔飛刀。這回她可沒法子說「不」。

從那一天起，美紗紀的特訓開始了。

據麥加所言，拋接最好從一顆球練起。從右手拋到左手，再從左手拋到右手，就像畫弧一樣，讓一顆球交互移動。藉由這種訓練，讓身體慢慢記住扔球的時機。

等到習慣以後，再增加一顆球，雙手各拿一顆，錯開時機，左右互扔。先用右手扔，隨後用左手扔，用左手接住右手扔出的球，用右手接住左手扔出的球——這樣是一輪。接著反過來，先用左手扔，以此類推。訣竅和扔一顆球的時候一樣，左右要畫出同樣的弧形。

說得容易，做起來卻很困難。

美紗紀瞞著次郎，每天在自己房間裡悄悄練習。她上學時也帶著球，趁下課時間進行特訓。同班同學見狀紛紛探問，不知不覺間，班上竟然因為她的拋接雜耍而流行起扔沙包。

一天二十四小時，美紗紀就是不斷扔球。

經過兩個禮拜的猛烈特訓後，美紗紀終於學會拋接三顆球。招式名稱好像是叫做三球連拋。和麥加相比，她的技術還很拙劣，要在大庭廣眾之下表演，心裡實在有些膽怯。不過，次郎的生日越來越接近了，所剩的時間不多。

那一天是假日，街上人潮洶湧，相逢橋上人來人往，正適合進行街頭表演。

為了首次登台，美紗紀換上紅色洋裝，在左右臉頰畫上愛心和星星、戴上紅鼻子，並穿著與麥加同樣圖案的襪子。

小丑美紗紀的處女秀終於要上演。

一站到觀眾面前，美紗紀的心臟便撲通亂跳。她和麥加一起行了個禮，首先是當師父的助手。麥加配合輕快的音樂表演拋接，而美紗紀在一旁追加雜耍棒。

駐足觀賞表演的行人逐漸增加，麥加和美紗紀的面前聚集了為數不少的觀眾。

麥加表演完後揚起手掌，向觀眾介紹美紗紀。

終於輪到自己上場。

美紗紀拿起球，交互扔出三顆。右、左、右、左，她全神貫注，以防球掉到地面上。

麥加一面望著她，一面開心地拍手，觀眾有樣學樣，也用手打起拍子。加油！加油！替美紗紀聲援的聲音跟著響起。

待曲子結束，三顆球全都回到美紗紀的手中，觀眾發出熱烈的掌聲。

美紗紀效法麥加行了一禮，觀眾接二連三地將零錢丟入眼前的絲綢帽中。

——太好了，很成功。

美紗紀與麥加對看一眼，露出滿面笑容。

第二次的雜耍秀也很順利。他們換了個時段進行第三度表演之後，便暫時休息。

兩人並肩坐在橋上的長椅，一面吃著麥加做的三明治，一面清點打賞錢的數目。

總計八千九百圓。

觀眾似乎很欣賞小女孩努力表演雜耍的精神，深受感動的亞裔外國人團體出手闊綽，使美紗紀提早達成目標金額。

兩人在長椅上開心地慶祝。

結束遲來的午餐後，麥加提議：

「該回去了吧？」

「是啊。」

美紗紀點頭贊同。

就算和麥加對分，剩下的錢也夠了。

「那就開始收拾吧。」

美紗紀起身，抱起雜耍道具及播放音樂用的揚聲器放到車上。

就在這時候——

突然有道人影閃過視野。

是個男人。

帽簷壓得很低、戴著口罩，看不見他的臉。

那個男人朝著一旁的絲綢帽伸出手。

「啊！」

美紗紀大叫時，已經太遲了。

男人抱著絲綢帽，飛快地逃走。

「站住——」

美紗紀試圖阻止男人，卻被一把推開，倒在橋上。

「美紗紀！」察覺騷動的麥加大叫著奔向美紗紀。「美紗紀，妳沒事吧？」

「別管我了，錢——」

「錢？」

美紗紀指著男人。「剛才的男人把我們賺來的錢偷走了！」

那頂絲綢帽是用來裝打賞錢的，換句話說，美紗紀他們的血汗錢被奪走了。

現在要追已經來不及，男人騎上停在路邊的機車揚長而去。

在美紗紀茫然呆立之際——

「嗚哇哇哇！」

麥加開始嚎啕大哭、大吼大叫，完全不顧旁人的目光。

「別哭了，麥加。」

「可是！錢！嗚哇啊啊！」

高頭大馬的大人像個小孩一樣哭鬧，小學生年紀的小女孩則在一旁安慰他，這種奇妙的光景吸引了路人的視線。

不過，也難怪麥加嚎啕大哭。雖然他已逐漸成長，但精神年齡仍然是個小學生。再說，對於他而言，那筆錢是重要的生活費。

「那個男人……我絕對不饒他！」

美紗紀雙手緊緊握拳，壓抑著無處宣洩的怒氣。

美紗紀向麥加保證一定會把錢討回來，勸他停止哭泣乖乖回家之後，立刻前往中洲的蓋茲大樓。

美紗紀事先把那個男人叫到一樓的咖啡廳。當她抵達時，對方已經在位子上等候。

「有什麼事嗎？小小復仇專家。」

榎田樂不可支地詢問面對面坐下的美紗紀。

「我需要情報。」

「次郎大哥叫妳來的？」

「是我個人的委託。」現在沒空閒聊，美紗紀立刻帶入正題。「幫我找一個男人。」

榎田嗤嗤地笑了。

「妳的心情好像不太好。發生什麼事？」

「我的錢被偷了，就在剛才。犯人從相逢橋跑向天神方向，之後騎著機車逃走。」

美紗紀詢問：「你查得到嗎？」榎田點頭表示「當然可以」。

「先看看周邊的監視器影像吧。」

榎田在桌上打開筆記型電腦，以飛快的速度喀噠喀噠地敲打鍵盤。

片刻之後——

「啊，就是這個男人嗎？」

他叫道，並把畫面轉向美紗紀。

畫面上映著那個男人抱著絲綢帽逃走的身影。榎田似乎是入侵犯人逃走路線沿途的餐飲店設置的監視器，偷看錄下的影像。

「對，就是他。你知道他是誰嗎？」

「他用口罩和帽子遮住臉孔，臉部辨識應該很困難。那就放大機車的車牌號碼……」

喀噠喀噠聲再度響起。數秒後，榎田的手指停下來。

「有了。機車車主是個叫做鳥田的四十幾歲上班族。我把情報傳到妳的手機。」

「謝謝。」美紗紀站起來。「我該付多少錢？」

「算妳一萬圓就好，小學生優待價。」

「給你。」美紗紀從錢包裡拿出鈔票，遞給榎田。

在她正要離去之際——

「欸，美紗紀。」榎田叫住她。「妳打算怎麼對付這個男人？」

「把他抓起來審問。」

看見美紗紀凶神惡煞的表情，榎田露出苦笑。

「最近的小學生真恐怖。」

憑復仇專家助手和前殺人魔小丑的本事，要綁架一個男人可說是易如反掌。

隔天，兩人循著榎田的情報來到男人居住的公寓。他們按下門鈴，待男人出來應門，麥加便用雜耍棒毆打對方的頭，將他打暈，綁住手腳，小心避人耳目地帶回車上。

他們前往的是去過好幾次的倉庫。次郎和馬丁內斯進行拷問的時候，常常使用這個地方，就算再怎麼大叫都不會有人聽見，是最適合教訓男人的地點。

兩人把失去意識的鳥田搬進倉庫，就著手腳綁住的狀態綁在椅子上。當他醒來時，已經是數十分鐘之後。

「——終於醒了。」

等得不耐煩的美紗紀喃喃說道。見狀，鳥田瞪大眼睛。

「妳、妳是誰？」

他還好意思問？

「你不記得了？」美紗紀一臉不悅。「昨天謝謝你的『關照』。」

「……昨天？」鳥田歪頭納悶，「什麼意思？」

「少裝蒜。」

看見男人一臉錯愕的模樣，美紗紀更加焦躁。

「你還敢問是什麼意思？明明就偷了我們的錢。」

「啊？錢？」任憑美紗紀如何逼問，男人似乎打定主意裝蒜到底。「不，妳到底在說什麼——」

「看我是小孩，以為我好欺負是不是？」

美紗紀瞪著男人。既然你想裝蒜，我就奉陪到底。

「你也只有現在才能嘴硬。」

「喂、喂！」鳥田發出不安的聲音。「妳想幹什麼？」

美紗紀置若罔聞，離開了男人，來到停在倉庫裡的露營車前。

「開演時間到了。」

她彈一下手指。

下一瞬間，倉庫的燈光熄滅。

周圍變得一片漆黑，隨後，露營車的車頭燈亮起，照耀著美紗紀的身體。

「各位女士，各位先生。」

美紗紀站在聚光燈的正中央，照著事前說好的開始演戲。

她背對著鳥田，攤開雙手。

「感謝各位來賓蒞臨，今晚請盡情享受華麗的街頭表演。」

接著，她淡淡說道：

「現在就讓我們熱烈歡迎——博多引以為傲的藝人，小丑麥加！」

美紗紀將聚光燈中央的位置讓給麥加。在光線的照耀下，鮮紅色的小丑朝著鳥田深深行一個禮。

「喂、喂！」鳥田大叫：「那傢伙是誰啊！」

看見頂著詭異妝容的麥加，男人露出害怕的表情。

美紗紀走向鳥田，在他的頭上放一顆紅蘋果。

「請看，這裡有顆蘋果。現在麥加要對著這顆小蘋果扔飛刀。」

聞言，鳥田一陣駭然。

「該、該不會……」

「麥加，今天的狀況如何？」

美紗紀詢問，麥加故意露出難過的表情說：「唔……不太好。」

「哦，這下子可令人擔心了。不要緊吧？」

「麥加會加油。」

麥加用力擠出二頭肌。

「那就開始吧。」美紗紀高聲說道：「第一把，請！」

美紗紀打開揚聲器，播放鼓聲音效。鼓聲一停止，麥加便朝著男人射出飛刀。

劃裂空氣的聲音傳來。

「噫！」

鳥田的尖叫聲響徹四周。

飛刀大大地偏離目標，刺中背後的牆壁。麥加是故意射歪的。

「哎呀呀，失敗了。」

「好危險、好危險。」

麥加做出拭汗的動作。

「現在重整旗鼓，第二把。」

美紗紀再度播放鼓聲音效。

麥加射出的飛刀看起來像是朝著目標一直線前進，卻微微地偏移，掠過男人的左臂。麥加這次是故意射中鳥田的身體。

「噫！」

傷口微微地流出血來。

「哎呀呀，刀子刺中了身體。好險，再偏個十幾公分，或許就刺中心臟了。」

聽美紗紀這麼說，鳥田的臉色更是發青。

「好，第三把的結果如何？」

美紗紀再次播放鼓聲音效。

麥加射出的飛刀，這回正中紅色目標的中心。

「成功！飛刀不偏不倚地命中蘋果。」

美紗紀用小手鼓掌。

「不愧是福岡首屈一指的街頭藝人，技術高超。」

「小意思。」

「哦？看來對麥加太過簡單了。那麼，這次換個挑戰吧。」

說著，美紗紀拿出一條黑布。

「接下來要請麥加挑戰蒙眼扔飛刀——」

「等等，等一下！」鳥田再也按捺不住，高聲叫道：「別再扔了！」

美紗紀瞪了男人一眼。「那就老實招來。」

「我真的什麼也沒做！」

「什麼也沒做？昨天你明明在相逢橋偷了我們的錢，騎機車逃走。」

「……機車？」鳥田喃喃說道，下一瞬間，他恍然大悟。「原來如此，我知道是怎麼一回事了！」

「什麼意思？」

「偷錢的不是我，真的，相信我。」鳥田說道。

什麼跟什麼？美紗紀嗤之以鼻。他還打算繼續裝蒜嗎？真讓人傻眼。看來是教訓得還不夠。

然而，鳥田一本正經地說道：

「昨天我把機車借給熟人，或許是他幹的。我昨天都在公司裡工作，懷疑的話可以去查，和我在一起的同事可以作證。」

「那個熟人的名字是？」

「有瀨動。」

有瀨動——倘若鳥田所言屬實，那個男人才是偷錢真凶的可能性很高。

「得去查查那個姓有瀨的男人才行。」

難怪鳥田怎樣都不招。美紗紀聳了聳肩。看來這件事沒這麼容易解決。

身旁的麥加也有樣學樣，盤起手臂、沉下臉來。

放走機車車主以後，美紗紀前往博多站一帶。從筑紫口步行約十分鐘，便可抵達她的目的地。

美紗紀打開馬場偵探事務所的門。

「——哦，稀客上門。」

林憲明察覺美紗紀，出聲說道。

「這不是美紗紀麼？怎麼了？」

所長馬場善治也在，兩人正在吃午飯。

「我要委託工作。」

美紗紀說道，馬場和林瞪大眼睛，一臉詫異地面面相覷。

「事情是這樣的。」美紗紀在訪客用的椅子坐下之後，簡單扼要地說明事情的經過。重要的錢被偷走，犯人很可能是叫做「有瀨勳」的男人。

「事情的經過我明白了，不過妳來這裡幹嘛？」林問道。

「我想請你們幫我調查那個叫做有瀨的男人。」美紗紀對兩位偵探說出來意。「如果那個男人真的是犯人，我要從他的手上把錢偷回來。」

鳥田那時候她太過躁進，所以失敗了。這回必須先確認有瀨勳是不是壞人，是不是偷錢的真凶。

除此之外，還有另一個目的。

美紗紀想把錢搶回來、想向犯人報仇，但她現在對於那個男人一無所知。他過的是什麼樣的生活？收入來源是什麼？在什麼時機報仇才能成功？若要擬訂計畫，必須先了解敵人。

美紗紀還不具備次郎那般調查能力與人脈，所以找上自己熟識的偵探事務所，提出調查男人身家背景的委託。

「我明白了。」聽完，馬場露出滿面笑容，興奮地說道：「包在我身上，我會替妳調查。」

「等一下。」林制止正要起身的馬場，半是嘆息地說道：「怎麼能交給大病初癒的人？你多休息吧。」

馬場還在療養中。他之前重傷昏迷，被送進醫院，現在雖然出院了，但傷勢尚未痊癒，不能太過勞累。

林從沙發上站起來。

「總之，只要跟監那個叫有瀨的男人就行了吧？」

他聳了聳肩，如此說道。

「嗯。」

「我去幫妳查，一個禮拜後再來吧。」

「小林。」馬場插嘴說道：「不如你也幫忙報仇唄？」

「我？」

聞言，林瞬間皺起眉頭。

「哎，也對。」不過，林隨即又點了點頭。「我去教訓那傢伙一頓，逼他招出一切，把錢搶回來比較快。」

反正已經知道男人的身分，用不著做身家調查，直接抓住男人威脅、逼他認罪、把錢拿回來，那也是個方法。

然而——

「不用了。」

美紗紀搖了搖頭。

「我有計畫。」

——她有她的做法。

一個禮拜過後，美紗紀造訪中洲的某間小鋼珠店。三天後就是次郎的生日。美紗紀還是小孩，當然進不了小鋼珠店，所以今天她找了幫手。

「——找我有什麼事？」

身旁的大和問道。

「那家店裡……」美紗紀指著小鋼珠店，並遞給大和一張照片。「有這個男人。」

「這傢伙是誰啊？」

「小偷。」

這一個禮拜以來，林徹頭徹尾地監視有瀨的行動。除了尾隨、跟監、探聽之外，還透過榎田製作的竊聽器竊聽所有對話，一字不漏。

根據他的調查報告顯示，小偷果然是有瀨沒錯。那一晚，有瀨曾在常去的小酒吧裡向小偷同夥炫耀自己在相逢橋偷了街頭藝人的錢。

有瀨沒有固定職業，從前是靠著打臨工餬口，現在則是當小偷維生，最近甚至是搶劫、扒竊、闖空門、偷香油錢，樣樣都來。

有瀨的小鋼珠癮很嚴重，絕大多數的收入和生活補助金都用在小鋼珠上。光是這樣他還不滿足，甚至跑去借高利貸。為了打小鋼珠，他向福岡市內一家名叫玄海金融的惡質金融業者借錢，每當還債日接近，心急的有瀨便會犯罪籌錢。美紗紀和麥加的打賞錢被偷的那一天，也是還債日的前一天。

有瀨把行竊賺來的錢拿去還債，剩下的全都用來打小鋼珠。他最中意的店就是這家位於中洲的小鋼珠店。

每天的這個時段，有瀨幾乎都在打小鋼珠。正如林所調查的，今天他也來了。

「我該怎麼做？」大和詢問。

「去偷裡面那個男人的皮夾。」美紗紀指著照片說道：「我會支付酬勞。」

「雖然不知道是怎麼一回事，哎，我試試吧。」

大和一面克制呵欠一面走進店裡。他是個本領高明的扒手，要從只顧著打小鋼珠的男人身上偷走皮夾，應該是輕而易舉。

幾分鐘後，大和回來了。

「瞧，我偷來了。」

他把黑色皮夾遞給美紗紀。

美紗紀確認內容物。裡頭有駕照，上頭印著有瀨動的名字和大頭照，應該是本人的皮夾沒錯。

美紗紀從皮夾裡拿出鈔票清點。

「妳在幹嘛？」

「之前我的錢被這個男人偷走了，我要把被偷走的份從皮夾裡抽回來。」

最愛的小鋼珠就在眼前，錢包卻變得空空如也，男人察覺這件事時，不知會多麼慌亂？美紗紀想像著可恨男人自食苦果的模樣，用鼻子哼了一聲。活該！

錢包裡有一張萬圓鈔和十三個百圓硬幣。美紗紀特地把錢找開，只拿走八千九百圓。

「喏。」接著，她把錢包還給大和。「幫我放回去。」

「啊？」大和皺起眉頭。「多麻煩啊，乾脆全部偷走不就得了？」

「不行。」

基本上，被偷多少，就只能偷回多少。這是復仇專家的信條。

大和嘆一口氣，不情不願地點頭。

「是、是，知道了、知道了，我放回去就是了。」

「謝謝。」這回她從自己的錢包裡抽出一張萬圓鈔遞給大和。「這是酬勞。」

「謝啦。」大和接過，確認金額以後瞪大眼睛。「……這樣妳反倒虧本耶。」

拿回來的錢是八千九百圓，付給大和的金額是一萬圓，再加上付給榎田和林的酬勞，美紗紀可虧大了。

「妳沒學過算術啊？」

「學過啦。」聽了大和的話語，美紗紀嘟起嘴巴。

她是刻意這麼做的。

「不過，沒關係。」美紗紀握緊拿回的錢回答：「因為這筆錢很特別。」

酒吧營業到凌晨，次郎收拾完畢回到家時，通常都已是早上。

這一天，美紗紀比平時更早起床，在客廳裡等次郎回來。

喀嚓，門鎖開啟的聲音響起。

「我回來了～」

隨後，玄關傳來一道略帶顧慮的聲音，似乎是次郎回來了。

「你回來啦。」美紗紀回應。

——好，準備萬全。

次郎的腳步聲逐漸接近。客廳門開啟的瞬間，美紗紀便用力拉扯拉炮的繩子。

啪！清脆的爆裂聲響徹屋裡。次郎的身體瞬間一震，大吃一驚。

「討厭，怎麼了！是槍聲嗎？」

「次郎，三十一歲生日快樂。」

看見放在桌子正中央的蛋糕，次郎的眼睛瞪得更大。「哎呀呀！」

草莓蛋糕的正中央，放著寫有「Happy Birthday 次郎」文字的插牌。

「妳還記得啊？謝謝妳！」

工作的疲勞彷彿一掃而空，次郎的臉上滿是笑容。

「快，吹蠟燭吧。」

「哎呀，討厭，居然真的插了三十一根……」次郎面露苦笑。「不快點吹熄，恐怕會發生火災呢。」

美紗紀唱完生日快樂歌以後，次郎便一口氣吹熄所有蠟燭。肺活量真是驚人。

「生日快樂，次郎。」

「謝謝。」

次郎微笑著和美紗紀一起拍手。他正要動手切蛋糕時——

「來。」美紗紀遞了個袋子給他。「這是禮物。」

「哇！」次郎叫道：「我可以打開嗎？」

「嗯。」

禮物也是美紗紀親手包裝的。說歸說，只是用買來的包裝紙簡單包起來再綁上緞帶而已。

「哇！」

打開禮物的次郎再次發出感嘆。

「好漂亮的沙龍圍裙！」

禮物是酒保用的沙龍圍裙。不過，美紗紀覺得市售的沙龍圍裙太樸素，所以在黑布的角落繡上「Jiro」字樣。

「還有刺繡！這也是美紗紀繡的嗎？」

這是得意之作。美紗紀挺起胸膛回答：「對啊。」

「謝謝妳，美紗紀。」次郎抱住美紗紀，眼睛泛著淚光。「妳真的好乖喔！我最喜歡妳了。」

「呵呵～」

美紗紀也露出笑容。

「我會好好愛惜的。」

次郎一臉開心。能夠看見次郎如此高興的表情，真是太好了。美紗紀暗想，自己的辛苦沒有白費。

「次郎，謝謝你平時的照顧，酒吧的工作也要加油喔。」

當時次郎那番話的含意，現在美紗紀總算有點明白了。

拳打
万徒
Hakata Tonkotsu
Ramens
Extra Games

命中註定的白馬王子遲遲沒有出現。

本田美香子即將在這樣的狀態下迎接二十八歲生日。

從前以為到了這個年紀，自己早已結婚、建立幸福的家庭，但現實遠比預測的殘酷許多。美香子仍然單身，沒有「真正」的男友。正確地說，她每個月都忙著籌錢還債，根本沒時間談戀愛。這都是因為她被披著王子外皮的小白臉給騙了。

——啊，討厭、討厭，真不想去。

美香子忍不住嘆氣，一大早心情便鬱悶不已。今天對於美香子而言，是一個月裡最憂鬱的一天——還債日。

美香子把戰利品塞進波士頓包中離開家門，從天神往大名方向前進，可看到一棟老舊的住商混合大樓。她的腳步變得越來越沉重。

大樓三樓一角的門上印著「（股）玄海金融」字樣，這裡就是俗稱的地下錢莊。

美香子一打開門——

「別開玩笑了，混帳！」

立刻傳來一道駭人的聲音。

聲音的主人是玄海金融僱用的討債員——使用各種手段向拖欠債務的人討錢的嗜虐職業——年齡大約三十歲左右，肌肉發達，渾身散發一股壓迫感，嘴上總是叼著香菸，流裡流氣的。

討債員沒規矩地坐在桌子上，逼迫男客戶還錢。他的右拳閃耀著銀色光芒——是指虎。他總是使用這個武器痛毆不聽話的客戶。

「……我、我會還錢的。」被毆打的客戶怯生生地開口：「我一定會還……」

「啊？聽不見啦！」

「這、這個月我一定會還錢！」

討債員用沒戴指虎的手抓住男人的頭髮。「下次就用你的角膜來還了。」

噫！美香子在心中發出哀號聲。

下次搞不好就輪到我——她的背上直發毛。

男人逃也似地衝出事務所之後，討債員察覺到美香子，露出賊笑。

「呦，這不是慎吾的女人嗎？」

——正確來說，是「以前的」女人，而且只是眾多女人中的一個。

美香子憶起過去，一面暗自神傷一面帶入正題：

「辛苦了。我帶了這個月的份過來。」

她在不銹鋼桌面上擺滿名牌貨。這些是向七個男人訛詐來的戰利品。

「價值四十九萬的ＬＶ包包、二十五萬的香奈兒錢包、十八萬的 BELLESIORA 項鍊和二十萬的耳環，還有十五萬的 Tiffany 戒指。」

「總計一百二十七萬啊？」

討債員舔了舔嘴唇，喃喃說道。算得真快。

「這個月賺得太少了吧？」

「現在景氣不好，男人的荷包都栓得很緊……」

砰！一道銳利的聲音響徹四周，現場的氣氛為之凍結。是討債員捶打桌子的聲音。

美香子猛然一震，瞪大眼睛。只見討債員揚了揚手上的銀色物體，繼續說道：

「讓他們解開荷包就是妳的工作吧？喏，愛情騙子。」

「是。您說得對。」美香子惶恐不已。

「要是妳賺不到錢，可以和其他女人一樣去當泡泡浴女郎啊。」

「不，沒問題，我會加油的。」她可不想從事色情行業。

「那就下個月見。」討債員揮了揮手，又叮嚀一句：「可別逃走喔。」

「……下個月見……是嗎？」

走出住商混合大樓，美香子喃喃說道。

下個還債日到來之前，她又得努力掙錢。

好想哭。

遇上壞男人，是她走霉運的開端。幾年前，她認定「這個人一定就是我的白馬王子」而迷戀不已的男人，是個嗜賭成性的前牛郎。

經營玄海金融的福岡市黑道組織「松平組」在中洲開設了百家樂賭場，大賺好賭之徒的賭金，並誘使他們借高利貸。一隻羊剝兩層皮，是松平組的一貫作風。

美香子的前男友慎吾也是那家賭場的常客。

長相是唯一優點的慎吾很有女人緣，交了一堆女友，讓女人替他償還賭債。當美香子察覺時，自己也成為受害者之一。絕大多數女人都在松平組旗下的色情行業工作賺錢，美香子則選擇當愛情騙子，以訂婚為餌詐取財物。目前她同時和七個男人假意交往中。

不增加提款機（男人）的數量，只怕債永遠還不完。不如去參加以高收入者為對象的相親派對，尋找新的獵物吧。

在美香子如此盤算的時候，突然有個男人衝出來。

「總算讓我找到妳了，莉香！」

——莉香？

美香子歪頭納悶。莉香——哦，是我啊！

她對這個男人有印象。男人姓原，是半年前和她交往的上班族。這麼一提，自己對他自稱為「莉香」。

他向美香子求婚後，美香子便和他斷絕來往，沒想到他居然會在這個時候出現於眼前，該不會是分手後一直在四處找她吧？美香子有種非常不祥的預感。

「給我還來！」男人瞪著美香子叫道。

「……啊？」

「把我花在妳身上的錢全部還來！」

「啊？」

這個男人買來送自己的名牌貨，全都交給討債員了，要怎麼還？現在八成已經換成現金在賭場裡流通。

「不要，我做不到。再說，那是你自己要買給我的。」

聞言，男人皺起眉頭。「妳、妳說什麼！」

「我沒有任何站不住腳的地方，要找警察還是律師隨便你。」

美香子毅然決然地說道，男人更加氣憤。「混蛋！給我記住，我會報仇的！」

男人在路中央大呼小叫，路人的視線刺得美香子發疼。

「下地獄吧！臭婆娘！」

——嗯，我已經下地獄了。

男人撂下這句話之後便跑走了。美香子望著他的背影，深深地嘆一口氣。

其實我也不願意這麼做，只是迫於無奈——她在心中如此辯解。

成天只想著如何還債的生活，討好男人、哄騙對方掏腰包的每一天，害怕每月一次的還債日到來的人生。

根本是地獄。

然而在心底深處，美香子仍然祈禱著有一天會出現白馬王子，拯救自己離開這個地

獄。真是個學不乖的女人啊——她如此自嘲。願意從地下錢莊的流氓魔掌中拯救自己的勇者，應該是千載難逢吧，

從博多站筑紫口步行約十分鐘可達的老舊住商混合大樓——馬場偵探事務所今天也在這裡的三樓悄悄營業著。

說歸說，由於沒有客人上門，事務所裡清閒得很。所長馬場善治忙著保養棒球手套和日本刀，唯一的助手（或該說食客）則是專心看電視，兩人各自在這間事務所兼住家的屋子裡做著自己想做的事。

「——欸，小林。」

馬場呼喚，但是沒有回應。林坐在沙發上，目不轉睛地凝視著電視。

嗜好是扮女裝的林留著一頭褐色長髮，臉上化了妝，穿著涼爽的白色洋裝，卻粗魯地盤腿而坐，男性內褲一覽無遺。他向來是這樣。

「欸！」馬場又呼喚一次，這次加大了音量。「小林！」

「……啊？幹嘛？」

這次總算有反應。

「能不能把那邊的那罐油遞給我？」

「……真是的。」林露出明顯的不情願之色。「你不會自己拿喔？現在劇情正精彩耶。」

他嘴上雖然嘀咕，還是把保養手套用的油扔給馬場。

「你真的很愛看連續劇呀。」待節目插入廣告之後，馬場喃喃說道。這麼一提，半年前剛相識時，林對戀愛連續劇也很著迷。「這個好看麼？」

「很好看。」

林最近迷上的是晚上十點播放的連續劇《晝顏極妻》，據說廣受以主婦為中心的觀眾喜愛，每集收視率都超過20％，是十分火紅的作品。

「是啥劇情？」馬場詢問，林喜孜孜地描述劇情概要。

故事主角是個再平凡不過的黑道老大的夫人——薰，三十五歲。她丈夫勝彥比她大了整整二十歲，是仁宮寺組幹部兼旗下組織的組長，最近對高級俱樂部的年輕情婦迷戀不已，鮮少回家。但是，薰並未因此心生怨懟，因為她對丈夫的愛早已轉淡了。

住在高級大廈的最上層，名牌貨要多少有多少——對於這種悠然自得的生活，薰開始覺得無聊，心生不滿。就在這時候，她在偶然造訪的酒吧裡結識了比自己小十歲的毒販賢治。兩人深受彼此吸引，展開一段地下戀情。

某一天，薰和賢治走出飯店時，正好被組裡的殺手龍介撞見。龍介要求封口費，薰只能不情不願地付錢。然而，暗戀薰的龍介開始強迫她與自己發生肉體關係。

薰堅拒不從，按捺不住的龍介闖進了她家。在龍介撲向薰的瞬間，和情婦去塞班島旅行的丈夫勝彥正好回家，撞見了這一幕。勝彥勃然大怒，救出了薰，並命令部下將龍介關起來。

叛徒被拷問了許久。成為階下囚的龍介遭到勝彥的小弟們痛毆一頓之後，終於開口：『告訴你一個祕密，你的女人根本是個蕩婦。』

得知妻子外遇，暴跳如雷的勝彥對薰和賢治伸出了魔掌！

——這就是目前為止的劇情。

廣告結束，連續劇繼續播放，正好演到薰將勝彥已透過龍介告密得知外遇一事告訴賢治的場景。

『求求你，快逃吧！』飾演薰的苦旦臉黑髮女演員苦苦哀求，演技十分逼真。『要是被他抓到，你也會被殺掉！』

『薰。』飾演賢治的是現在當紅的年輕男演員。『我們一起逃去墨西哥吧！』

『墨西哥？為什麼？』

『我在墨西哥城有個販毒集團的朋友，邀我一起賺錢。』

賢治把手放在薰的雙肩上。

『我要成為墨西哥毒梟。』他一本正經地說道：『成為毒梟，讓妳過好日子。』

——第九集就在這裡結束。

「……真的假的？墨西哥？」林抱頭悶哼。「混蛋，居然在最精采的時候結束！」

和工作人員名單一起播放的是曲調沉重的抒情歌。這首詠唱愛恨情仇的歌是連續劇《晝顏極妻》的主題曲，歌名叫做〈愛慘慘〉。

下集預告中，和薰一同前往機場的賢治被勝彥的小弟們包圍了。看來兩人的情路今後依舊坎坷。

「只剩下三集，要怎麼收尾啊！」林還在悶哼。

馬場沒理會仍然沉浸於連續劇餘韻中的林，關掉電視。就在這時候傳來敲門聲，似乎有客人上門了。

馬場偵探事務所今天的第一位與最後一位客人，是名叫山中昭代的中年女性。馬場立刻和委託人面對面坐下來，聆聽詳情。委託內容是某人的身家調查。

「最近我兒子花錢花得很凶。」

她現在和獨生子住在一起。

「令郎今年貴庚？」

「今年就要滿三十四歲。」

「拜託，都已經不是小孩了。」林嗤之以鼻，「賺來的錢要怎麼花是妳兒子的自由，隨他去吧。」

「那可不行！」昭代氣呼呼地說道：「他好像被壞女人騙了。」

據她所言，這幾個月以來，兒子博之常常精心打扮出門。同時，博之頻頻刷卡消費，似乎是用來買東西送給女人，或是帶她去吃山珍海味。

「如果是認真交往的對象，我不會反對……」昭代的表情相當晦暗。「可是我實在不放心，怕他是被當成凱子……」

「畢竟是寶貝兒子，擔心是正常的。」

馬場如此附和。

「是啊！」昭代用力點頭。「我想請你幫我調查他的交往對象。」

次郎的酒吧「Babylon」今天公休。次郎簡單地收拾一下，並做了些事務性的工作，便提早結束表面上的工作。

關好門窗以後，他立刻回到自家公寓。由於同居人吵著要養貓，最近他才剛搬到可以飼養寵物的公寓。

「我回來了~」屋裡的燈亮著。「哎呀，妳還沒睡啊？」

一個小女孩坐在客廳的沙發上。

「……啊，你回來了，次郎。」

她的名字叫做美紗紀，是次郎的養女。

「妳餵過克洛了嗎？」

嬌小的膝蓋上有隻黑貓縮成一團在睡覺，是名叫克洛馬提的公貓。

「嗯。」美紗紀點了點頭，視線卻盯著電視不放。

「妳在看什麼？美紗。」

「《晝顏極妻》。」

原來是現在正流行的連續劇。次郎摸了摸山羊鬍，喃喃說道：「又在看這種不適合小孩看的東西……」

「欸，次郎，薰真的會跟賢治私奔嗎？」

「私奔？哇，好浪漫。」

「賢治說要成為毒梟。比起只會追夢的窩囊廢，現在的生活明明好多了。」

「真是的。」次郎聳了聳肩。「真是個沒有夢想的孩子。我的教育方式是不是出了問題呢？」

「放心吧。在你扶養我之前，我就是這樣了。」

又說這種不可愛的話。她總是這樣，受到複雜的生長環境影響，她的個性一點也不像小孩。

「熱水已經放好，你去洗個澡吧。」

「對不起，接下來有工作，我要和客戶見面。」

次郎在中洲經營酒吧之餘，暗地裡也從事復仇專家的工作。代替委託人復仇是次郎的使命。被打了就打回來，被刺了就刺回來，被偷了錢就偷回來。讓對方嘗到同樣的痛苦，即是復仇專家的信條。

「我馬上會回來，妳要早點睡覺喔。」

「嗯，路上小心。」

次郎感謝懂事的女兒，走出了家門。

這個城市的情報販子——榎田，向來居無定所、神出鬼沒。他沒有特定的住處，以福岡市內的各個網咖為家，是個難以捉摸的神祕男子。榎田不是他的本名，據說是因為他的髮型活像金針菇才有了這個外號，至於是不是事實也不得而知。

到了約定時間，林來到指定地點——中洲的咖啡廳，只見榎田已經在店裡等候。白金色蘑菇頭加上鮮豔的黃色連帽上衣與紅色緊身褲——在任何地方都引人矚目的男人，就坐在窗邊的座位上喝咖啡。

「嗨，香菇。」

林打招呼，被長長瀏海蓋住的臉龐轉了過來。「嗨。」

榎田是個技術高超的駭客，委託他進行調查，他便會發揮駭客本領收集情報。這一天也一樣，林委託榎田調查山中博之的信用卡紀錄。榎田立刻打開自己的筆記型電腦，忙不迭地敲打鍵盤。

「這個山中博之是什麼人啊？」

「只是個普通上班族，委託人的兒子。聽說最近常花錢在某個女人身上，錢用得很凶。」

「哦？」榎田笑了一聲，並念出畫面上的文字。「山中博之，三十三歲，生日是十月三日。啊，一副沒女人緣的樣子。」

榎田正看著電腦螢幕上顯示的山中博之照片。短短幾分鐘，他便入侵某處的資料庫找出照片和個人檔案。以他的本事，這只是小菜一碟。

接著，他又確認博之的帳單。

「哇，好會買、好會買。上個禮拜是項鍊，上上個禮拜是耳環。他經常在阪急百貨購物。」

「可以調閱店裡的監視器影像嗎？」

「當然。」

陳列名牌貨的百貨公司樓層應該設有多台監視器，只要入侵系統，或許就能確認博之購物時的情況。

「——啊，就是這個男的吧？」

榎田打了一會兒電腦之後，把畫面轉向林，畫面上是幾天前的店內影像。

正中央清清楚楚地映出和女人在一起的博之。那是個漂亮的女人，給人清純、文靜的印象，正在試戴項鍊。

「這傢伙鐵定被騙了。」

確實，他們看起來不像是恩愛的情侶，而是男方一頭熱地花錢討女方歡心。

「幫我調查這個女人的身分。」

林說道，榎田以一如平時的輕浮語氣回答：「ＯＫ。」

林請榎田將監視器檔案寄到自己的電子信箱之後，便回到事務所。

晚上，馬場回來了。

今天他跟蹤了博之一整天，林立刻探詢成果。

「怎麼樣？有收穫嗎？」

「還行。」馬場將相機遞給林。

林接過相機，以傳輸線接上電視，播放拍下的照片。

照片的數量很多。首先是穿著西裝走出公司的博之，他在半路上進了一家義大利餐廳，走出店門時，他身旁多一個年輕女人。林對那張臉有印象。

「是同一個女人。」和榎田調閱的監視器影像裡的女人似乎是同一個。「看來他很迷戀她。」

倘若最近亂花錢都是為了這個女人，從帳單看來，他已經花掉上百萬。

接著，畫面又映出兩人在車站道別的模樣。之後，他們似乎各自踏上歸途，時間是晚上十點半。

「好健全的交往啊。」

「我後來跟蹤這個女人。」馬場指著電視說明：「這就是她家。」

看見螢幕上顯示的建築物照片，林不禁瞪大眼睛。那是一棟破舊的公寓。她敲了這麼多竹槓，林還以為她會住在好一點的地方。

這個女人究竟是什麼來頭？

「在公寓前跟監一陣子看看吧。」

林提議，馬場也點頭贊同。

天底下再也沒有比聽男人炫耀更無聊的事。薰和勝彥在一起的時候，大概也是這種心情吧。

美香子一面敷衍名叫山中博之的男人，一面想著《晝顏極妻》的劇情。這是最近的熱門連續劇，美香子也相當著迷，甚至到了錄起來反覆觀賞的地步。

在上週播放的第九集中，與女主角偷情的年輕毒販突然沒頭沒腦地說要成為毒梟，兩人相約私奔墨西哥。

雖然知道只是虛構的故事，美香子還是很羨慕薰。

她不禁妄想：「如果也有男人出現，帶我逃離現在的生活，該有多好？」不過，她不要毒販，不想再和流氓有任何牽扯了。如果可以，希望是個普通人，最好是有錢人。

「……由美？」

聽到對方呼喚，美香子才回過神來。對了，現在的她叫做「由美」。

美香子連忙裝出笑容。「什、什麼事？」

「怎麼了？身體不舒服嗎？」坐在對面的博之皺起眉頭。

「對不起，我在想事情。」

一週前，博之曾經詢問：『下次要不要和我媽見個面？』美香子就知道該和這個男人說再見了。適可而止是愛情騙子的鐵則。

「由美。」博之一臉認真地說道。

「是。」

「嫁給我吧。」

——看吧，果然來了。

博之邀請自己前來這家位於中洲河邊、夜景動人的高級餐廳時，美香子便明白他有要事相告，已經做好心理準備。

果然不出所料——她一面如此暗想，一面把視線移向他遞出的戒指。

「哇！」美香子忍不住發出感嘆聲。

她凝視著閃閃發光的寶石，在腦中迅速鑑定。卡地亞婚戒，粗估約八十萬左右。真有你的，博之。

美香子（裝出）熱淚盈眶（的模樣）。

「好美的戒指……」

真的太美了，應該很值錢。

「妳願意嫁給我吧？」

這可就辦不到。

「對不起……我很高興，但是我不能收下你的戒指。」

「咦？為什麼？」

「我媽有嚴重的老人痴呆症。」

媽，對不起——美香子在心中道歉。今年五十六歲的母親依舊健康無比，每週都去上熱瑜珈教室。

「要是我嫁給你，我媽就沒人照顧了。」

「我們可以一起住啊。」

「不行。」美香子搖了搖頭。「她的症狀真的很嚴重，會造成你的壓力。」

美香子說得天花亂墜。博之是第六個讓她使出這招的人。

「我想送她去好一點的療養院，可是我付不出訂金。」

「需要多少？」

「一百三十萬……」美香子垂下視線。「可是，我沒有這麼多錢……」

「別擔心，由美，我會替妳解決的。」

聽了這句話，美香子在心中竊笑。

美香子恨不得一面怪叫「呀呴～」一面小跳步走路。除了戒指錢以外，還多一筆臨時收入一百三十萬圓，應該可以達到下個月的還債額。

博之表示要送美香子一程，但美香子婉拒他，獨自走夜路回家。她不想被目標知道自己住在哪裡。從前讓另一個男人送她的時候，被對方偷偷跟蹤到家門口，害得她後來只好搬家。不能重蹈覆轍。

在美香子回憶著過去的失敗走在小巷裡時，後方突然有一股強勁的力量將她的身體微微彈開。

「呀！」

美香子發出尖叫聲，定睛細看。

似乎是有人撞上她。那是個年輕男人，他喝醉了嗎？

在美香子如此暗忖時，男人已經跑開了。

這時候，美香子才察覺肩膀上的香奈兒包包不見了。

「啊啊啊～！」

──糟糕，是搶匪！

「來、來人──」

美香子想叫，卻因為事出突然而叫不出聲。

在她語塞之時，搶匪的背影變得越來越小。

──啊，卡地亞戒指！我的八十萬！

美香子懊悔不已，眼泛淚光，僵硬的身體瞬間失去力氣。在絕望的打擊下，她當場跪倒下來。

然而，此時發生意料之外的事。

下一瞬間，一名身穿西裝的男子憑空出現，制伏了搶匪。

搶匪奮力掙扎，擺脫壓制之後便慌慌張張地逃走。

西裝男子走向呆若木雞的美香子，右手上拿著她的包包。「這是妳的吧？」

「是、是，沒錯。」美香子連忙點頭。「我遇上搶匪……」

「果然是這樣。」男性遞出包包。「我聽見叫聲，心想會不會是有人遇上搶劫。」

——原來他是專程來救我的？

美香子抬起臉，目不轉睛地凝視著男人。好帥喔！她忍不住陶醉起來。個子高、五官端正、充滿男子氣概，而且笑容十分溫柔。

「妳沒事吧？沒受傷吧？」

「是、是！我沒事！」

「對不起，讓搶匪跑掉了。」

「不！沒關係！」包包找回來就好。「已經足夠了！」

由於太過感動，美香子的口氣變得和軍人一樣拘謹，而且身體微微打顫。

多麼幸運啊！她不禁暗想。原本以為包包被搶匪搶走，沒想到會出現一位如此完美的男性替自己搶回包包。

心跳加速、臉頰發燙，「命運的安排」這樣的字眼閃過美香子的腦海。或許這個人就是自己的白馬王子？嗯，一定是的。

必須把握機會才行。美香子下定決心，開口說道：「呃，請問……」

「嗯？」

「我想請您吃頓飯，好好答謝您……」

只見男人露出溫柔的微笑。「好啊。」

美香子與男人交換聯絡方式之後回到了家裡。她蹦蹦跳跳地走在公寓狹窄的走廊上，忍不住大叫：「呀呴～」

猿渡俊助一個勁兒投擲手裏劍。

福岡縣北九州市小倉，從單軌電車旦過站步行數分鐘可達的紺屋町，猿渡常去的飛鏢酒吧「淑女．瑪丹娜」就悄悄佇立於餐飲店林立的一角。

這家店的一樓是普通的飛鏢酒吧，地下卻是殺手等地下工作者專用的樓層，常被用來進行非法商談或交易。牆邊擺放了打靶用的人體模型，供殺手顧客扔小刀或開槍射擊。在這裡反覆投擲手裏劍是猿渡的每日功課，就如同在牛棚練投的救援投手一樣。

猿渡成為殺手的理由很單純——因為他很強，如此而已。因為他很強，所以想和高手戰鬥。他日日磨練自己的本領，追尋能夠讓他打得開心的殺手。由於他使用低肩投法投擲手裏劍與苦無，不知不覺間便多了個「潛水艇忍者」的外號，在業界算是小有名氣，只是他對於名聲毫無興趣。

「猿仔。」

突然有人呼喚他，這麼稱呼猿渡的只有那個男人——新田巨也。他是猿渡高中時代的同學，同時是一起合作的殺手顧問，是猿渡的搭檔。

猿渡回頭一看，坐在包廂座位裡的新田正向他招手。猿渡不情不願地在新田的對面坐下來。「幹嘛？」

「有份有趣的工作。」

「目標是誰？」

「名字叫做本鄉，是殺手。」

殺手？猿渡的雙眼頓時閃閃發亮。比起一般人，刺殺殺手要來得有意思許多。

「他之前受僱於北九州市內的黑道組織，是個窮凶惡極的暴徒。」

委託人就是那個黑道組織的組長。

「這個叫本鄉的男人睡了組長最疼愛的情婦，而且帶著那個女人逃走了。這種愛恨糾葛的情節簡直就像『畫極』啊。」

「什麼是『畫極』？」

「咦？猿仔，你不知道『畫極』？電視連續劇啊！《畫顏極妻》，現在很流行。」

「不知道。」猿渡一口否定。他根本不看連續劇。

「委託內容是殺了這個男人，並且把逃走的女人帶回來。」新田揚起嘴角。「怎麼樣？你要接嗎？」

從搶匪手中華麗奪回包包的帥氣男性名叫「田中」，是個企業家，聽說平時忙著在海外各地做生意。真是太完美了。

從事這一行，美香子和許多男性吃過飯，不過從沒像今天這樣雀躍不已。她已經完全迷上充滿成熟魅力的田中先生。

愉快的用餐時間轉眼間就結束。「我去上一下洗手間。」說完，美香子離席去廁所補妝，回來時田中先生已經結完帳。

啊，多麼貼心！

——慢著，現在不是感動的時候。

「對不起！」美香子連忙拿出錢包。「多少錢？我來付。」

田中先生笑著制止：「沒關係。」

美香子是為了答謝相救之恩而邀他吃飯，沒想到反而被請客。這樣過意不去——這是表面話，其實她只是想和田中先生多相處而已。

「我們還能再見面嗎？」

臨別前，美香子鼓起勇氣詢問，他笑著點頭說：「當然。下個禮拜妳有空嗎？」

「我隨時都有空！」美香子立即回答。其他七個男人的事早已被她拋諸腦後。

女人居住的廉價公寓前方有個小小的投幣式停車場，空間狹窄，只能容納五輛車。
馬場將愛車停在最底端，立刻開始跟監。今天已經是第十天。
『兩人出局、滿壘、滿球數，有辦法度過這個危機嗎？捕手把手套放在外角偏低的位置──』車內播放著職棒的電台實況轉播。『投手投了出去！揮棒落空，三振！』
「呼～」馬場吐了口長長的氣。
『剛才的球是怎麼回事？軌道變化好大。』主播的聲音傳來。
『是蝴蝶球。』解說員回答。
『原來是蝴蝶球啊。哎呀，真虧捕手接得住。』
『是啊。要是漏接變成不死三振，對方就得分了。』
『敵隊打者每次都被這種球耍得團團轉。』
『嗯，就算知道球路也打不到。這種球──』
林關掉收音機，馬場發出責難之聲。「喂，幹啥呀！」
「專心工作。」

「聽個收音機有啥關係？」

「瞧，女人出來了。」林把視線移向窗外。只見那個女人現身了，朝著最近的車站走去。兩人下車，尾隨其後。

片刻過後抵達車站，女人向某個男人揮手，似乎是約好的。

「這是第四個人了。」

女人頻繁地和男人見面，而且都是不同的男人。

「真受歡迎呀。」馬場拍下兩人的照片，沉吟道：「每次都和不同的人約會。」

兒子被壞女人騙了——山中昭代這句話的可信度越來越高。

自從與田中先生相識以來，美香子便疏於應付從前的「提款機」——她都是這麼稱呼騙婚詐財的目標——只顧著和田中先生見面。

以養老院費用的名義向博之騙來的一百三十萬，美香子存了一百萬，剩下的三十萬則是用在自己身上——是美容費。她先去美容院修剪留了許久的長髮，並把髮色染成比現在更暗兩階的沉穩秋色。這麼做全是為了成為配得上田中先生這種成熟男性的女人。她還添購一些風格較為保守的新衣服，前往護膚或除毛沙龍的次數也變多，比以往投資更多的錢在自己身上。

這麼一提，明明說要請客答謝田中先生替自己拿回被搶的包包，結果還是讓田中先生付了帳，必須另外找機會答謝他才行。

一直以來，美香子都是收禮——或該說敲竹槓的一方，現在要送禮給男性，她一時間反而不知道該買什麼才好。田中先生總是穿西裝，但領帶有個人喜好的問題，還是別送領帶比較好。皮帶？領帶夾？手錶？不，如果送太昂貴的東西，搞不好會嚇跑對方。

美香子左思右想，最後中規中矩地送了條名牌手帕，而田中先生非常開心地收下了。

付出的努力似乎得到回報，在第四次共進晚餐之後，田中先生向美香子告白：「希望妳能和我交往。」

好耶～～～！美香子在心中活像在無人出局滿壘的情況下成功阻止敵隊得分的救援投手一般，擺了個豪邁的勝利手勢，但是在田中先生面前卻故作驚訝，謙虛地回答：

「只要您不嫌棄的話。」

證據充分，甚至可說是充分過了頭。

今天是調查最終日，要向委託人山中昭代報告結果。約定時間一到，昭代便現身於事務所，兒子博之居然也一起來了。

馬場和林並肩坐在事務所的會客區，山中母子則是在他們的對側坐下。

「博之先生。」馬場呼喚兒子的名字，出示一張照片。是那個女人的照片。「您認識這位小姐吧？」

博之露出略微驚訝的表情，戰戰兢兢地點頭。

「嗯、嗯……是由美。」

「這位小姐的本名叫本田美香子。」

博之迷戀的女人並不叫由美，而是叫做美香子。這是榎田提供的情報。她似乎每次都和不同的對象約會，誘騙對方贈送金錢或名牌貨。

「很遺憾，這位小姐也和博之先生以外的男性交往。」馬場出示了其他照片，是一對男女卿卿我我的照片。「她最近和這個男人走得特別近。」

面對真相，博之啞然無語。

「看吧！」昭代大聲說道：「你被騙了！」

「不、不是！不可能的！」

博之也不甘示弱地大聲說道。他一搖頭，下巴的贅肉便跟著抖動。林不禁暗想，他看起來活像鬥牛犬。

「你也該清醒了吧！」

「囉唆！囉唆囉唆囉唆！」

「什麼叫囉唆！竟然這樣跟媽媽說話！」

「媽就是囉唆！老是嘮嘮叨叨的！」

——母子居然吵起來了。

「好、好。」馬場面露苦笑，替他們打圓場。「請兩位冷靜下來吧。」

「對啊，冷靜一點。」林也跟著說道：「你們在這裡爭吵也沒用，都是這個女人的錯。」

「由美沒有錯！」

「……啊？」

「由美是被騙了！」博之指著照片中的修長男子說道：「被這傢伙騙了！」

這傢伙在說什麼？林啼笑皆非，露骨地嘆一口氣。不不不，認清現實吧。

「她不叫由美，叫美香子。」昭代落井下石，「她連本名都沒告訴你。」

「囉唆！老太婆，給我閉嘴。」

「啥？」

昭代啞然無語。愛子的叛逆態度令她大受打擊。

「多少錢我都肯付。」博之說道：「請替我查出這個男人的身分。」

情況變得有點詭異。

林和馬場面面相覷，同時聳了聳肩。

在新田的調查下，掌握了本鄉的蹤跡。本鄉現在已經不當殺手，而是在松平組的地下錢莊擔任討債員。猿渡立即前往福岡市，闖進地下錢莊事務所。

目標所在的金融公司「玄海金融」位於福岡市中央區的某棟骯髒住商混合大樓裡。事務所內有五個員工——也就是黑道組織成員，但他們不是猿渡的對手。猿渡用暗藏的忍者刀迅速解決了從懷裡掏出槍來的男人們。

本鄉不在事務所裡。猿渡逼問留下的唯一活口，得知本鄉剛才出去找女人。看來是錯過了。

猿渡把屍體留在原地，立即離開事務所。路肩停著一輛藍色轎車，是新田的愛車。

猿渡一面坐進副駕駛座一面報告：「本鄉不在，說是去找女人了。」

「女人？是那個情婦嗎？」

「八成是。」總不會跑去情婦以外的女人家裡吧。「這是住址。」

猿渡把紙條遞給新田，新田立即驅車前往他逼問小弟得來的地址。

好死不死，和田中先生約會的日子偏偏是還債日。

美香子在洗臉台前化妝，沉重地嘆一口氣。

她提不起勁前往地下錢莊，一拖再拖，不知不覺間就入夜了。好希望可以乾脆別去算了。

在她準備出門之際，門鈴響了。莫非是田中先生來接自己？

美香子滿懷期待地打開門。

「——嗨！」

討債員站在門外。

呃！美香子暗自皺起眉頭。

「妳一直沒來事務所，我還以為妳逃跑了。」

男人硬生生地推開門，闖進屋內。

「哈哈。」美香子發出乾笑聲。「怎麼可能？我現在正要去。」

「這個月的份呢？」

美香子從衣櫃裡拿出名牌貨。「價值七十五萬的卡地亞戒指。」

「……只有七十五萬？」

討債員的聲音立即變得冰冷。

下一瞬間，臉孔竄過一陣衝擊。事出突然，美香子根本不明白發生什麼事，她的身體猛然彈開，倒在地板上。好痛，左臉頰像是被火燒傷一樣滾燙，一陣抽痛。

美香子挨了一拳，而且是戴著指虎的一拳。

「下次就不只一拳而已。」

討債員撂下這句話之後便離去。

「有空迷戀男人，不如把時間拿去好好賺錢，蠢女人。」

女人住在兩層樓的老舊公寓裡。猿渡等人把車子停在路肩監視一陣子之後，本鄉現身了。他走進女人的套房，二樓從右邊數來的第三戶。

「那就是情婦的住處？」身旁的新田喃喃說道。

數分鐘後，門打開來。

「出來了。」

本鄉走出公寓，步行離開。

「咱去追本鄉。」猿渡下車。「你在這裡盯著女人。」

猿渡和新田分頭行動，尾隨本鄉。他保持一定距離，快步跟在本鄉身後，以免跟丟。

本鄉前往的是玄海金融的事務所。

「這、這是怎麼搞的！」

一打開門，本鄉便大聲尖叫，大概是看見了員工們的屍體。

「喂、喂，振作點！」本鄉呼喚已經變冷的小弟。「是誰幹的！」

「咱。」

猿渡在背後出聲說道。本鄉猛然回頭，一瞬間露出驚訝的表情，隨即又齜牙咧嘴地叫道：「混蛋，是你幹的？」

本鄉立刻從懷中拿出某樣東西。那不是手槍，而是銀色塊狀物——是指虎。

本鄉戴上武器的同時，猿渡也動了，迅速拿出忍者刀刺向對手的喉嚨。

「嗚，呃啊！」

本鄉當場倒地，根本不堪一擊。

「……沒什麼大不了的嘛。」

猿渡一面俯視屍體，一面撥打電話。

『喂，猿仔嗎？』通話對象是新田。新田立即接聽了。『本鄉怎麼了？』

「被咱殺掉了。這傢伙未免太弱了吧。」

接下來只要抓住女人送到組長面前，這回的工作就結束。這種無聊的委託還是快點解決為宜。

「女人咧？」

『她現在正在中洲河邊的法國餐廳裡。其實——』

「知道了。」新田似乎還想說什麼，但猿渡已掛斷電話，立刻前往中洲。

即使塗再多遮瑕膏，也遮不住被指虎毆打造成的瘀青。左臉頰整個腫起來，Dr. Ci:Labo 的拉提緊緻美顏器效果全都白費。虧她特地鍛鍊臉部肌肉，消除臉頰的鬆弛，現在腫成這樣子就變得毫無意義。

頂著一張家暴受害者似的臉去見心愛的田中先生是件痛苦的事，但是見不到面更加痛苦。幸好相約的店是一家氣氛高雅的法國餐廳，燈光昏暗，美香子只能祈禱她的瘀青別太顯眼。

抵達餐廳以後，服務生帶著美香子來到可以欣賞夜景的露台座位。她在座位上等了十幾分鐘，有對年輕的情侶經過她的身邊。

「哇，好棒的店喔！」女人發出感嘆聲，踏入露台座位區，望著河川彼岸。「夜景也好美。」

雖然沒看見他們的臉，但兩人的身材都很好，醞釀出一股俊男美女的氛圍，看起來十分登對。女方穿著款式簡單的連身禮服。

「我們的座位在這邊。我訂了底端的VIP座位。」男人說道，伸手環住女人的腰。「走吧。」

「嗯。」

兩人相依偎著往座位走去，看起來很開心。從前看到那種一臉幸福的情侶，美香子總是會暗自詛咒他們快點分手，現在卻替他們高興。這應該也是因為田中先生的關係吧，戀愛能夠改變女人。

在美香子望著那對恩愛的背影時——

「美香子。」田中先生現身了。他拉開對側的椅子坐下。「對不起，讓妳久等。」

「不會。」美香子笑著搖頭。雖然她已經等待二十分鐘。「我也才剛到。」

他們立刻點了飲料。田中先生是開車來的，點的是無酒精飲料。

「乾杯。」

「乾杯。」

兩人舉起漂亮的細長酒杯，輕輕互碰。

「……美香子。」

只見田中先生皺起眉頭。

「妳臉上的瘀青是怎麼回事？」

——呃，這麼快就穿幫了。

「走吧。」

「嗯。」

「……」

「……喂，你要摸到什麼時候？」

彎過轉角之後，林瞪了身旁的男人一眼。

「真是的。」馬場回瞪著林，並放開環在林腰上的手。「別把人說得像是毛手毛腳的色鬼一樣行不行？還有……小林，你的胸部未免墊得太誇張了唄？」

「你還不是一樣？」林嘟起嘴巴。「穿成那副德行，一點也不適合你。」

兩人一面批評對方的禮服裝扮一面入座。

「——對了，已經放好了吧？」

林詢問，馬場得意洋洋地點頭說：「當然。」

佯裝情侶接近目標的作戰順利成功。馬場趁著林吸引美香子的注意之際，偷偷將竊聽器放進她的包包裡。紅背蜘蛛型竊聽發訊器——情報販子榎田的作品。

榎田發揮駭客本領，查出美香子和男人約好在這裡見面，因此馬場他們也訂了位，以便就近查探男人與美香子的關係。

兩人立刻將耳機塞入耳中，竊聽談話。

『——乾杯。』

通訊良好。受到竊聽器位置的影響，男人的聲音有點小，但還是能夠清楚聽見他們的對話。

『美香子。』男人大吃一驚。『妳臉上的瘀青是怎麼回事？』

在片刻的沉默過後——

『其實……』

美香子語帶哽咽地回答。

✶

爬樓梯的時候不小心跌倒了、從床上摔下來撞到了，可用的藉口多的是，然而田中先生一詢問「怎麼了」，美香子一時之間竟然想不出像樣的謊言。

又或許是她不願撒謊。她已經無法繼續獨自承受。

指虎的一擊帶給她的打擊，似乎比想像中的大上許多。臉頰的痛楚遲未消退，一想到或許還會挨打，她的心情就越來越低落。她很想向人傾訴、向人求救——如果是田中先生，或許願意接納我、或許願意拯救我。

於是，美香子說出了一切。

幾年前，她迷上一個嗜賭成性的前牛郎。負債累累的男友消失無蹤後，她被迫代替男友還債。她不願意從事色情行業，選擇欺騙男人賺錢，每個月都被追債，甚至還被討債員用指虎毆打。

壓抑已久的情感一口氣決堤，怨言接二連三從塗著ＹＳＬ口紅的嘴唇冒出來，畫了迪奧眼影的雙眼淚如雨下。現在自己的臉一定變得亂七八糟吧。

美香子已經做好田中先生因此拂袖而去的覺悟。不過，田中先生仍很溫柔。他站起來走向美香子，配合美香子的視線高度蹲下，伸出手摸了摸美香子的頭。

「乖、乖，妳一定很痛苦吧？辛苦妳了。」

他的溫柔讓美香子更是熱淚盈眶。

「美香子。」

「……是。」

「妳願不願意跟我一起去北海道？」

「是……咦？」

面對突然的提議，美香子大吃一驚，猛然抬起視線。

「老實說，我一直工作也覺得累了，所以請了長假打算去旅行，在鄉下悠閒生活、養精蓄銳。時間很趕，要搭待會兒的深夜班機出發。今天我就是打算跟妳說這件事。」

「咦？」

「討債的人應該不至於追到北海道來吧？」

真是意料之外的發展。美香子不敢置信。

——這是什麼……我在作夢嗎？

心情頓時振奮起來。美香子倏地抬起臉龐，點頭如搗蒜地說：「好，我要去、我要去！我願意陪你去任何地方！」

這是她苦等許久的話語。她一直在等待願意帶她脫離這個地獄的人出現。田中先生果然是她的白馬王子。

呀响！和心上人私奔實在太棒了！美香子的淚水已完全止住。

「那就走吧。」

田中先生站了起來。

「再過不久就要出發，快點去收拾行李。」他拉著美香子的手臂微微一笑。「哦，還有，有多少現金全都帶來。那裡是鄉下，不能用信用卡的地方很多。」

「這家店的料理真好吃。」林一口接一口吃下送來的料理。「貴得有理。」

他一面咀嚼，一面把視線移向馬場。

「啊，這餐是你付錢吧？我可以點這道『紅酒燉羊肉佐香煎鵝肝』嗎？我早就想吃吃看鵝肝。」

「……小林，現在不是吃鵝肝的時候。」馬場瞪大眼睛。「大事不好了。」

「怎麼回事？」林用叉子叉起白酒蒸過的龍蝦問道：「他們要結婚了嗎？」

「是要逃到外縣市，去北海道。」

「真的假的！」林忍不住叫道：「北海道？」

沒想到竟會發展成私奔，簡直跟「晝極」一樣，林的情緒不禁高昂起來。

「總之，」馬場站起來。「快追上去唄。」

「咦？這個我還沒吃耶。」

「別吃了，快！」

「鵜——」

「快一點。」

美香子的私奔固然引人關注，但美味的料理也令人難以割捨。

「你先去吧。」林回答：「我吃完這個以後再追上去。」

美香子在行李箱中放入洋裝及化妝品等基本日用品，並把從各個帳戶提領出來的現金塞進大波士頓包中。私奔的準備萬無一失。

到了約定時間，美香子提著行李走出套房，只見田中先生已經等在公寓前。

「準備好了嗎？」

「好了。」

「好像很重。」田中先生瞥了包包一眼。當然很重，因為裡頭裝了全部的財產。

「我替妳拿吧。」

田中先生替美香子提起裝滿萬圓鈔的波士頓包。他還是一樣溫柔體貼。

「我去開車過來，妳在這裡等我。」

美香子依言在原地等候。片刻過後，田中先生的車子來到眼前。

美香子走向車子，打算坐進副駕駛座。

「……咦？」

然而不知何故，車子卻加速駛過美香子眼前。

「咦？等等……咦？」

這是怎麼回事？

「等一下！田中先生，田中先生！」

任憑她如何呼喚，車子都沒有停下來。

「田中先生～～～～～！」

美香子慌忙追趕駛離的車子。

——為什麼？為什麼擱下我？

她的腦袋一片空白。

美香子一路奔跑，一頭長髮變得凌亂不堪，接著又跌了個狗吃屎。她蹲在步道上繼續大叫：「田中先生，等一下！」

只見車子停下來，並倒車回到美香子的面前。

「美香子。」

田中先生打開駕駛座的窗戶，露出臉來。

「妳啊～現在多少明白那些受騙的男人是什麼感受了吧？」

「咦？」美香子瞪大眼睛。他說話的語氣怎麼變成這樣？「人妖！」

「次郎，這個人是誰啊？」

車子的副駕駛座上坐了個小學生年紀的小女孩。

「而且已經有孩子了！」

美香子愣在原地。

「對不起欺騙了妳，其實我是復仇專家。」田中先生說：「是原先生委託我的。」

『請幫我報仇。』

事情是起於某個委託。

委託人是個三十幾歲的男人，姓原，職業是上班族。

『我被女人騙了。』

據他所言，他和一個叫做莉香的女人交往，送她禮物、帶她去吃飯，感情逐漸加溫，已經到了論及婚嫁的階段。

然而，在他贈送一只昂貴的訂婚戒指給對方的隔天，女人便突然斷絕音訊。

以牙還牙，以詐欺還詐欺——這就是復仇專家的工作。

『本田美香子，二十八歲，行政人員，是典型的粉領族啊。』熟識的情報販子立刻查出女人的身分。『看起來不像是生活很奢華的人，大概是有必須賺錢的理由吧。』

『負債之類的？』

『或許是。』榎田點了點頭。他瀏覽網購紀錄與借閱紀錄，繼續說道：『這個女人好像很喜歡戀愛連續劇、少女漫畫、還有灰姑娘與白雪公主之類的公主電影。』

『是因為對這類故事懷有強烈憧憬嗎？』

『就是俗稱的灰姑娘情結？那要把到她應該很簡單吧。』榎田笑了。『只要製造命運的安排就行了。』

「所以說，當時的事件是設計好的。」

次郎揭露了所有的把戲。

「搶妳包包的男人是我僱用的熟人。為了認識妳，我們合演了這齣戲。」

「什──」美香子啞然無語：「什麼跟什麼……」

她的眼淚撲簌簌地落下。這麼做或許殘酷，但她應該多少明白被害人的感受了。

「以後腳踏實地工作吧。」

次郎露出溫柔的笑容，如此說道。

「以後腳踏實地工作吧。」

直到剛才為止都還是「完美男人田中先生」的人妖眨了眨眼說道。

「拜拜～」

車窗再次關上，車子往前駛去。

美香子已經沒有力氣追趕。

「怎麼會……」

她哭著喃喃說道。

……別的先不說，復仇專家是什麼玩意兒？

嗜賭成性的牛郎、討債員、地下錢莊的流氓，她見過各種從事地下行業的人，但「復仇專家」這種充滿危險色彩的行業，她還是頭一次聽說。

一見鍾情的對象，居然是這麼危險的人物。

更糟糕的是，原以為他是命中註定的白馬王子，沒想到竟是個帶了拖油瓶的人妖。

什麼跟什麼？糟透了，簡直莫名其妙。

在美香子獨自抽泣之際——

「喂！」

突然有人對她說話，是個年輕男人的聲音。

「……嗚，什麼事？」

美香子一面吸鼻子一面回答。她不知道是誰，只希望現在能獨自靜一靜。

她頂著哭花的臉回頭一看，只見眼前有個可疑的男人，戴著連帽上衣的帽兜，並用布條遮住嘴巴。

「妳就是本鄉的女人？」

男人突然問了個怪問題。

「——啊？」

本鄉？女人？他到底在說什麼？

「本、本鄉是誰？」她的提款機裡應該沒有人姓本鄉。「你是不是認錯人——」

「別裝蒜。」男人粗聲說道：「今天本鄉明明從妳家走出來。」

「咦？」

「廢話少說，跟咱來。」

男人逼近美香子，用力抓住她的手臂。

「好、好痛！」美香子大吃一驚，立刻甩開男人。「住、住手！」

——雖然不知道是怎麼回事，但這個男人好像不是什麼善類。

美香子感受到人身危險，立即逃之夭夭。

「喂，站住！」

男人叫道，用低肩投法扔了一樣東西過來，黑色塊狀物閃過眼前。

「噫！」

——是手裏劍。

美香子一陣愕然。

這個男人是怎麼搞的？太恐怖了，為什麼扔手裏劍？他的腦袋是不是有問題？

「叫妳站住聽不懂哪！」

面對變態，美香子不禁渾身發抖。必須快點逃走才行，她連忙轉過身。

——拜託，誰來救救我！

「下次就不會射偏了。」

男人又動了，再次扔出手裏劍。

在美香子絕望之際——

突然有個男人出現，擋在美香子身前護著她。

男人用脫下的西裝外套砸落飛來的手裏劍，並詢問美香子：「妳沒事唄？」

沒想到本田美香子的約會對象居然是次郎。

眼前發生的情景讓馬場大吃一驚。原來美香子是復仇專家的目標。

話說回來，馬場完全沒察覺。

不過，這也怪不得馬場，因為次郎的打扮異於平時，身穿西裝、改變髮型，給人的印象完全不同，連說話的語氣也不一樣。用男人的語氣說話的男性，馬場當然不會把他和次郎聯想在一起。

「她一定大受打擊唄……」

馬場遠遠望著愣在原地的美香子，喃喃說道。哎，她也是自作自受。

總之，案子解決了，跟林會合吧。

在馬場打算聯絡林的時候——

「……哎呀？」

他察覺到異狀。美香子似乎和人發生爭執。

不，她是被一個男人攻擊了。

馬場無法坐視不管，立刻出手救人。

「喂！」男人開口說道：「別礙咱的事。」

熟悉的九州腔。

仔細一看是張熟面孔——名叫猿渡的北九州殺手。

「我還以為是誰，原來是暴投忍者呀。」

「……呆瓜臉？」猿渡瞥了馬場一眼，皺起眉頭。

馬場和這個男人交手過好幾次，沒想到連在這種地方都會碰上他。

「讓開。」猿渡怒目相視。「咱有事找那個女人。」

「那可不行。」

「那就去死吧。」

話一說完，猿渡便發動攻勢，拔出暗藏的忍者刀，挺刀攻來。他還是老樣子，血氣旺盛。

相較之下，馬場卻是手無寸鐵，只能拉開距離，以拳腳應戰。

就在這時候——

「慢著，暫停、暫停！」

突然出現一個戴著眼鏡的男人。這也是張熟面孔，名叫新田，是猿渡的搭檔。

新田露出苦笑說：「哎呀，真不好意思，我們家孩子給您添麻煩了。」

猿渡咂了下舌頭。「巨，別礙事。」

「欸，猿仔。」新田聳了聳肩說：「這位小姐不是本鄉的情婦。」

「……啊？」

「她只是還錢給本鄉而已。」

「啊？」

「真是失禮了。」新田對美香子低頭致歉。「很抱歉，突然攻擊您。」

接著，新田對馬場使了個眼色。

「下次再請您陪他玩。」

說完，新田便抓住猿渡的手臂，強行拉走他。

「快走吧，猿仔。」

「放手！」

「好了，快點走吧。」

「咱叫你放手！都來到這裡了，怎麼可以摸摸鼻子回去！」

「好了，工作、工作。」

「別鬧了！」

活像母親硬生生地拉走耍賴的小孩。

馬場望著離去的兩人，嘆一口氣說道：

「……他還是老樣子，吵吵鬧鬧的。」

「雖然是工作，但騙人的感覺實在不太好。」

次郎一面開車一面感慨地說道。

次郎想起美香子。她確實做了壞事，但她的遭遇也著實令人同情。

那張哭泣的面容閃過腦海，次郎不禁露出苦笑。

「女人的眼淚真的太惡質了。」

次郎隨即轉動方向盤，將車子掉頭。

「美紗，我可以先去其他地方嗎？」

「你要去哪裡？」

「去找壞人。」

無論如何，打女人是不可饒恕的行為，更何況是戴著指虎打。只有人渣才會做這種事。不給對方一拳，次郎的心裡不痛快。

次郎在目的大樓前停下車子。

「你要做什麼？」美紗紀詢問。

「免費加班。妳等我一會兒。」

次郎走下駕駛座，爬上大樓的樓梯。

三樓——玄海金融的門是開著的。

次郎窺探屋內。

「哎呀，怎麼會……」

他大吃一驚。

眼前是成堆的屍體。地下錢莊的流氓全都倒在地上，血流如注。

「討厭，是誰做的……」

幹這一行，被殺的理由多不勝數。

在這些屍體之中，也有看似討債員的男人。他的右手上戴著指虎。

「——好。」次郎從他的手上拔下指虎。「這就來清算美香子挨打的帳吧。」

次郎將銀色塊狀物套在右手上，狠狠毆打屍體的左臉頰。

現在美香子應該傷透了心吧。欺騙她的自己，已經無法再幫她什麼。

所以，至少替她報這一拳之仇。這麼做或許毫無意義，但那也無妨。

反正復仇本來就是為了自我滿足。

今天一天真是糟糕透頂——美香子一面回想，一面用手掌拭淚。

災難接連不斷，先是被討債員用指虎毆打；視為真命天子的田中先生其實是個帶了拖油瓶的人妖，還演了一齣戲欺騙自己；之後更是雪上加霜，被一個活像忍者的奇怪男人攻擊。

不過，這個人救了自己。

「妳……」男人回過頭來問道：「沒受傷唄？」

美香子打量男人的臉孔，不禁出了神。他長得好帥，身材修長，穿西裝也很好看。

「是、是，我沒事。」

美香子愣愣地點頭。

「……請問貴姓大名？」

美香子詢問，男人一臉錯愕地歪了歪頭。

「我？馬場善治。」

「馬場善治先生……」

美香子用陶醉的聲音輕喃男人的名字。臉頰似乎變燙，心跳也跟著加速。

「謝謝您救了我。」

馬場先生對深深低頭致謝的美香子露出溫柔的微笑。

「嗯，不用放在心上。」

他的笑容也好帥，多麼完美的男性啊！

「……啊，呃，馬場先生！」

——豈能放過這個機會？

美香子抬起眼來凝視著對方。

「我想請您吃頓飯，好好答謝您……」

——這個人一定是我的真命天子！

美香子的雙眼閃閃發光，渾然不知這次一見鍾情的對象，竟是「殺手殺手」這般危險的人物。

後記

託大家的福，才得以出版我的首部短篇集。繼作品改編成動畫之後我又實現一個夢想，感到非常幸福。平時對我諸多關照的兩位責編、插畫家一色箱老師，以及為了本作盡心盡力的各方人士，請讓我致上最深的謝意。

機會難得，我就在此針對各篇做個簡單說明吧。

〈寒冬的雙盜壘〉

這是我首次寫下的《博多豚骨拉麵團》短篇，刊載於二〇一四年八月發售的《電擊文庫MAGAZINE》，是發生在第一集過後的冬天的故事。這則短篇是為了尚未讀過本篇的讀者而寫，帶有角色介紹性質。說來驚訝，這居然已經是四年前的作品。相隔這麼久以後重讀，讓我陷入一種懷念又不可思議的感覺：「原來我寫過這樣的故事啊！」

〈洋將〉

這是新作……不過，其實不是為了這次的短篇集所寫，是空閒時心血來潮，想說「來寫篇馬丁內斯的外傳吧～」而寫下的作品（大概是二〇一五年至二〇一六年之間寫成的……）。

這是馬丁內斯和榎田相識的故事，也有補足第四集和第六集的作用，所以我拜託責編說：「我以前寫了這篇故事，可不可以收進這次的短篇集裡？」責編也同意了。責編對於這篇故事的評價出奇地好，讓我大感意外。這也是我個人相當中意的作品，能夠問世讓我非常開心。現在想想，或許這則短篇正是我撰寫第六集的契機也說不定。

〈適當的野手選擇〉

這是刊載於二〇一七年十月發售的《電擊文庫 MAGAZINE》的短篇，算是近期的作品，帶有冷硬派偵探小說風味的林的故事，裝滿他的豚骨拉麵團隊員觀。作品中的馬場負傷未癒，時序應該是在第八集之後。在第一集裡滿口怨言的林，現在也成了不折不扣的業餘棒球選手啦（笑）。

或許已經有讀者朋友發現，「太宰府山德士」這個業餘棒球隊的隊名是從動畫借來的。

〈正當錢財〉

這是新作。責編下令「來篇美紗紀（＋麥加）的短篇」，於是我就為了這次的短篇集寫下這篇故事。時序和〈適當的野手選擇〉是同一時期。由於主角是美紗紀，所以走溫馨、可愛路線。

〈拳打歹徒〉

這是刊載於二〇一五年八月發售的《電擊文庫MAGAZINE》的作品，主題是「地下社會愛情喜劇」（笑）。季節似乎是夏天，所以應該是第三集前後的故事。能夠描寫平時沒登場的年輕女性，寫起來很開心。

以上共計五則短篇。正如副標題Extra Games所示，其實各個短篇的篇名都和棒球用語有關（註2）。但願其中有任何一篇可以成為令讀者朋友們難以忘懷的作品。

本書是「博多豚骨拉麵團」系列的第九冊，能夠出版這麼多集，全是託一路支持的各位讀者朋友們之福。請讓我在此重申感謝之意。謝謝大家平時的愛護！

另外，也感謝因為動畫而閱讀拙作的朋友們！動畫播映完畢以後，還敬請繼續收看原作小說喔。

今後也請大家繼續支持《博多豚骨拉麵團》（順便加上木崎）！

木崎ちあき

●註2：最後一篇的篇名，「歹徒」在日文中音同「外角偏低球」，「拳（knuckle）」在棒球中也有蝴蝶球（Knuckleball）的意思。

國家圖書館出版品預行編目資料

博多豚骨拉麵團 Extra Games / 木崎ちあき作
; 王靜怡譯 . -- 初版 . -- 臺北市 : 臺灣角川,
2019.05- 面 ; 公分 . --（角川輕 . 文學）

譯自：博多豚骨ラーメンズ Extra Games
ISBN 978-957-564-976-0（平裝）

861.57 108004488

輕文學 Light Literature

hakata tonkotsu ramens

博多豚骨拉麵團 Extra Games

原著名＊博多豚骨ラーメンズ Extra Games

作　者＊木崎ちあき
插　畫＊一色 箱
譯　者＊王靜怡

2019年5月6日 初版第1刷發行

發 行 人＊岩崎剛人
總 經 理＊楊淑媄
資深總監＊許嘉鴻
總 編 輯＊呂慧君
副 主 編＊溫佩蓉
設計主編＊許景舜
印　務＊李明修（主任）、張加恩（主任）、黎宇凡、張凱棋

台灣角川

發 行 所＊台灣角川股份有限公司
地　址＊105台北市光復北路11巷44號5樓
電　話＊（02）2747-2433
傳　真＊（02）2747-2558
網　址＊http://www.kadokawa.com.tw
劃撥帳戶＊台灣角川股份有限公司
劃撥帳號＊19487412
法律顧問＊有澤法律事務所
製　版＊尚騰印刷事業有限公司
I S B N＊978-957-564-976-0